SEX HABEN GELD MACHEN GOTT FINDEN

Deutsch von Urna Flegstetter

Rechtl. Hinweis: Sämtliche in diesem Buch enthaltenen Ratschläge zu befolgen erhöht die Wahrscheinlichkeit für ein ereignisreiches und erfülltes Leben. Autoren und Verlag übernehmen jedoch hierfür weder Gewähr, noch können sie für ein verschwendetes, vergeudetes oder ruiniertes Leben oder gar den Verlust desselben infolge des Vollzugs der hier enthaltenen Ratschläge zur Verantwortung gezogen werden.

BENRIK LIMITED

Benrik Ltd. – mit bürgerlichen Namen Ben Carey und Henrik Delehag – haben mit ihrem Kultbestseller »This Diary Will Change Your Life« über Jahre das Leben von Hunderttausenden Leserinnen und Lesern verändert (wenn auch nicht notwendigerweise zum Besten). Die Methode der beiden ist das sogenannte »Extreme Ego-Tuning«, welches darauf abzielt, das Leben anarchischer zu gestalten. Auch Benriks Motto »Was Ihnen wichtig ist, geht uns am Arsch vorbei« findet immer mehr Anhänger. Lassen auch Sie sich infiltrieren! Registrieren Sie sich als mündiger User auf der Website www.thisdiarywillchangeyourlife.com, und füllen Sie ein Online-Formular aus, in dem Sie Benrik Ltd. in Ihren Letzten Willen mit einschließen. Die Autoren werden es Ihnen danken.

Das Leben ist viel zu kurz, um es zu vergeuden! Planen Sie also im Voraus, wozu Ihres gut sein soll!

SEX HABEN, GELD MACHEN, GOTT FINDEN enthält Ratschläge für alle Lebensjahre – in streng chronologischer Reihenfolge, damit Sie nicht versehentlich eines vergessen.

Zum Zwecke der Allgemeinverständlichkeit illustrieren zahlreiche Farbfotos, Grafiken und Schaubilder die Anleitungen in den jeweiligen Kapiteln.

Sie können dieses Handbuch zu jedem x-beliebigen Zeitpunkt aufnehmen und damit beginnen, die Ratschläge zu befolgen,

selbst wenn Sie Ihr Leben schon eine ganze Weile vertrödelt oder den Karren bereits in den Dreck gefahren haben. Vielleicht ist ja noch nicht alles verloren.

Nehmen Sie sich unsere Tipps und Anleitungen zu Herzen. Dann wird Ihr Leben garantiert unvergesslich sein.

PERSÖNLICHE DATEN

Dieses Lebenshandbuch gehört

Name ....

Geboren am ....

Wohnhaft in (bei Umzug Adresse ändern) | Telefon

1 ....
2 ....
3 ....
4 ....
5 ....
6 ....
7 ....
8 ....
9 ....
10 ....

Familiärer Hintergrund

Mutter: ....

Vater: ....

Brüder: ....

....

Schwestern: ....

....

....

Söhne: ....

....

....

Töchter: ....

....

....

Sonstige nennenswerte Verwandte: ....

....

....

Dieses Buch behält in allen derzeit existierenden und in der Zukunft entstehenden Nationalstaaten seine Gültigkeit. Für Staatsangehörige Großbritanniens, Commonwealth-Angehörige (auch ehem.) und gemeldete und anerkannte Einwohner der USA sowie Deutschlands ist der Gebrauch obligatorisch. Falschangaben werden bestraft. Im Verlustfall bitte umgehend dem o. g. Eigentümer zukommen lassen. Finderlohn: 500 €.

FAQ

1) WIE ERFAHRE ICH, WAS MIR IM KOMMENDEN LEBENSJAHR BEVORSTEHT?

Schlagen Sie – am besten am jeweiligen Geburtstag – die mit der entsprechenden Altersangabe versehene Doppelseite auf. Dokumentieren Sie Ihre Fortschritte, falls erforderlich. Am Ende des jeweils abgeschlossenen Lebensjahres haken Sie dieses in der Gesamtübersicht ab.

2) ICH BIN GERADE ERST ZUR WELT GEKOMMEN UND KANN NOCH NICHT LESEN. WAS SOLL ICH TUN? WO FANGE ICH AN?

Frag einfach Deine Eltern oder ein älteres Geschwisterkind, ob man Dir so lange mit dem Ausfüllen hilft, bis Du selbst lesen und schreiben kannst.

3) ICH HABE SCHON EIN PAAR JÄHRCHEN AUF DEM BUCKEL – UND JETZT?

Fangen Sie einfach bei Ihrem jetzigen Alter an. Stellen Sie aber sicher, dass Sie zumindest die elementarsten Schlüsselerlebnisse Ihres jüngeren Lebens abhaken können. Wenn Sie beispielsweise derzeit 53 Jahre alt, aber noch immer Jungfrau sein sollten, befolgen Sie unbedingt die Anweisungen für 17-Jährige!

4) WIE WÖRTLICH SIND DIESE ANLEITUNGEN ZU VERSTEHEN?

Buchstäblich wörtlich. Da muss jeder durch. Sie wollen sich doch nicht lächerlich machen, indem Sie aus der Reihe tanzen?! Okay – Ausnahmen bestätigen die Regel. Sollten Sie zum Beispiel Mutter sein und Ihrer Mutterschaft mehr Zeit einräumen wollen, überspringen Sie einfach die Jahre 32, 34, 35, 38 und 59.

5) UND WENN ICH ALL DAS BEFOLGE, WERDE ICH ECHT 100?

Unwahrscheinlich. Aber 86, 87 und 97 sind genauso schöne Ausstiegsjahre.

EIN GUTES LEBEN ALLSEITS!

DIE WICHTIGSTEN LEBENSABSCHNITTE

Am Ende eines jeden Lebensjahres bitte abhaken. Wenn Ihr Leben vorbei ist, sollte auch wirklich alles erledigt sein.

0 Deine Geburt – ein unvergesslicher Moment ■
1 Lerne zu brabbeln! ■
2 Lerne, Deine Körperfunktionen zu kontrollieren! ■
3 Finde Mama oder Papa sexy! ■
4 Entledige Dich Deines Geschwisterchens! ■
5 Freunde finden ■
6 Feinde finden ■
7 Dumme Fragen stellen ■
8 Lass den Fernseher in Dein Leben! ■
9 Werde ein Konsument! ■
10 Berufswahl – plane rechtzeitig! ■
11 Für Lehrer schwärmen! ■
12 Bezwinge die Hormone! ■
13 Wenn aus Liebe Hass wird ■
14 Das andere Geschlecht ■
15 Sturm und Drang ■
16 Gründe eine eigene Band! ■
17 Verliere Deine Unschuld! ■
18 Endlich wahlberechtigt ■
19 Akademische Weihen ■
20 Finde Dich selbst ■
21 Weltweit erwachsen ■
22 Erobern Sie die Welt! ■
23 Mitnehmen, was geht ■
24 Verplempern Sie ein ganzes Jahr! ■
25 Die Quaterlife-Crisis ■
26 Für andere arbeiten ■
27 Die Liebe Ihres Lebens ■
28 Der Bund fürs Leben ■
29 Die erste Hypothek! ■
30 Seid fruchtbar, und mehret Euch! ■
31 Mens sana in corpore sano ■
32 Werden Sie ein Workaholic! ■
33 Das Ideal heißt: Kernfamilie! ■
34 Der eigene Bestseller ■
35 Verflixt noch mal! ■
36 Große Erwartungen ■
37 Die verfrühte Midlife-Crisis ■
38 Karriere ohne Umwege ■
39 Die Wahrheit über Ihr Alter ■
40 Erwachsenenbildung ■
41 Gehen Sie in Therapie! ■
42 Vorstadtidyll ■
43 Swing Time! ■
44 Die schönen Dinge des Lebens! ■
45 Entwicklungshilfe durch Adoption ■
46 Rosenkrieg ■
47 The American Dream ■
48 Weg mit dem Speck! ■
49 Entführt von Außerirdischen! ■
50 Werden Sie konservativ! ■
51 Die Menopause ■

Über die einzelnen Lebensabschnitte herrscht in der medizinischen, religiösen und medialen Fachwelt weitgehend Übereinstimmung. Die Autoren haben sich überdies bemüht, auch den Klischees unserer modernen Gesellschaft Rechnung zu tragen. Bei Uneinigkeit zwischen den Lehrmeinungen war ausschlaggebend, was in Boulevardzeitschriften und Hollywoodfilmen im entsprechenden Lebensabschnitt für angemessen gilt.

52 Mit Delfinen schwimmen
53 Golf ist der Sex des Alters
54 Auf zu den Anonymen Alkoholikern!
55 Ein Heim für Eltern
56 Es lebe die Schönheitschirurgie!
57 Aktion »Kinder unter die Haube«
58 Ganz der Herr Papa! Ganz die Frau Mama!
59 Sieger nach Punkten
60 Wiedergeburt
61 Nörgeln, bis der Arzt kommt
62 Drogen auf Rezept
63 Fangen Sie an zu schrumpfen!
64 Die Vergangenheit holt Sie ein
65 Gehen Sie in Rente!
66 Eine Seefahrt, die ist lustig
67 Schreiben Sie Ihre Autobiografie!
68 Ziehen Sie ans Meer!
69 Zurück auf Los!
70 Sie sind ALT!
71 Verwöhnen Sie Ihre Enkel!
72 Erinnern Sie sich, solange Sie es noch können!
73 Seien Sie dankbar!
74 Unwürdig altern
75 Die Threequarter-Life-Crisis
76 Heiraten Sie noch mal!
77 Planen Sie Ihre Beerdigung!
78 Das große Comeback!
79 Damals im Krieg
80 Volles Risiko
81 Alt und stolz darauf
82 Sinnlose Sammlungen
83 Enterben Sie Ihre undankbare Verwandtschaft!
84 Alle Ihre Gebrechen
85 Folgen Sie dem Licht!
86 Machen Sie Ihren Frieden mit Gott!
87 Machen Sie Ihren Frieden mit Satan!
88 Wir sind Papst!
89 Besser spät als nie!
90 Werden Sie wunderlich!
91 Ersatzteillager
92 Viel Spaß mit den Urenkeln!
93 Teilen Sie Ihr Wissen mit anderen!
94 Schreiben Sie Geschichte!
95 Brechen Sie aus dem Altersheim aus!
96 Verprassen Sie Ihr Geld!
97 Der Sinn des Lebens
98 Nahtoderfahrung sammeln!
99 In den Tag hineinleben
100 Lassen Sie sich einfrieren!

JUNGE

JAHRE

0:
DEINE GEBURT – EIN UNVERGESSLICHER MOMENT

Eine erfolgreiche Geburt ist der beste Start ins Leben. Mach sie zu einem wahrhaft unvergesslichen Ereignis, das es vielleicht sogar auf die Titelseite der Bildzeitung schafft.

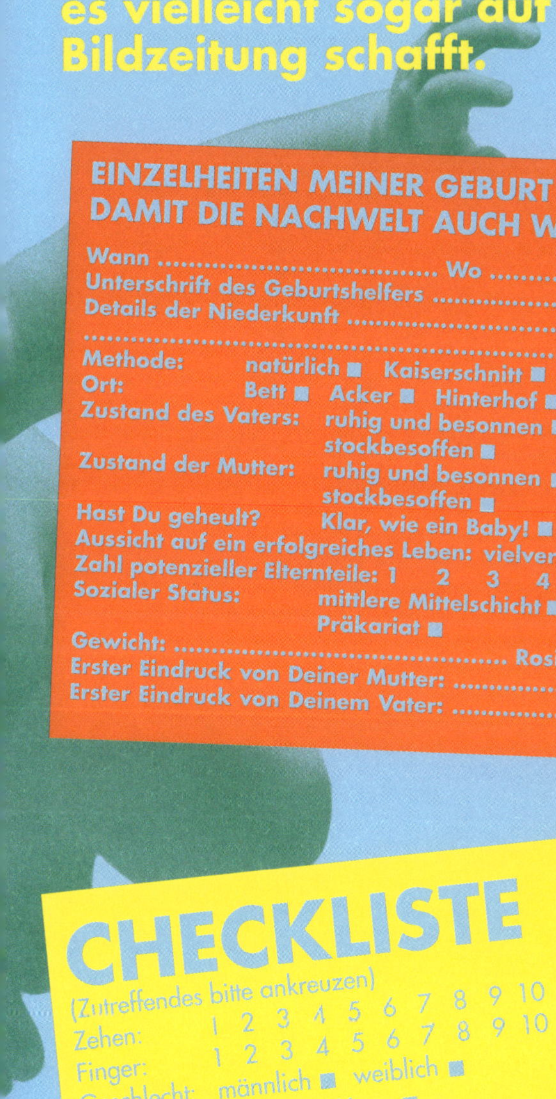

EINZELHEITEN MEINER GEBURT DAMIT DIE NACHWELT AUCH WAS DAVON HAT

Wann .... Wo ....
Unterschrift des Geburtshelfers ....
Details der Niederkunft ....
....
Methode: natürlich ■ Kaiserschnitt ■ im Stehen ■ im Liegen ■
Ort: Bett ■ Acker ■ Hinterhof ■ Automobil ■
Zustand des Vaters: ruhig und besonnen ■ sichtlich mitgenommen ■ stockbesoffen ■
Zustand der Mutter: ruhig und besonnen ■ sichtlich mitgenommen ■ stockbesoffen ■
Hast Du geheult? Klar, wie ein Baby! ■ Natürlich nicht! ■
Aussicht auf ein erfolgreiches Leben: vielversprechend ■ nicht sehr vielversprechend ■
Zahl potenzieller Elternteile: 1 2 3 4
Sozialer Status: mittlere Mittelschicht ■ Mittelschicht ■ untere Mittelschicht ■ Präkariat ■
Gewicht: .... Rosigkeit: ■ ■ ■ ■ ■ ■ ■ ■ ■ ■
Erster Eindruck von Deiner Mutter: ....
Erster Eindruck von Deinem Vater: ....
....

CHECKLISTE

(Zutreffendes bitte ankreuzen)
Zehen: 1 2 3 4 5 6 7 8 9 10
Finger: 1 2 3 4 5 6 7 8 9 10
Geschlecht: männlich ■ weiblich ■
Magen: ■ Leber: ■ Herz: ■
Nieren: 1 2
Nase: ■ Augen: 1 2 Ohren: 1 2
Kopfbehaarung (bitte nachzählen) ....

Die Prognose der Hebamme:
wird einmal potthässlich ■
wird einmal bildhübsch ■
wird einmal stinkreich ■

1:
LERNE ZU BRABBELN!

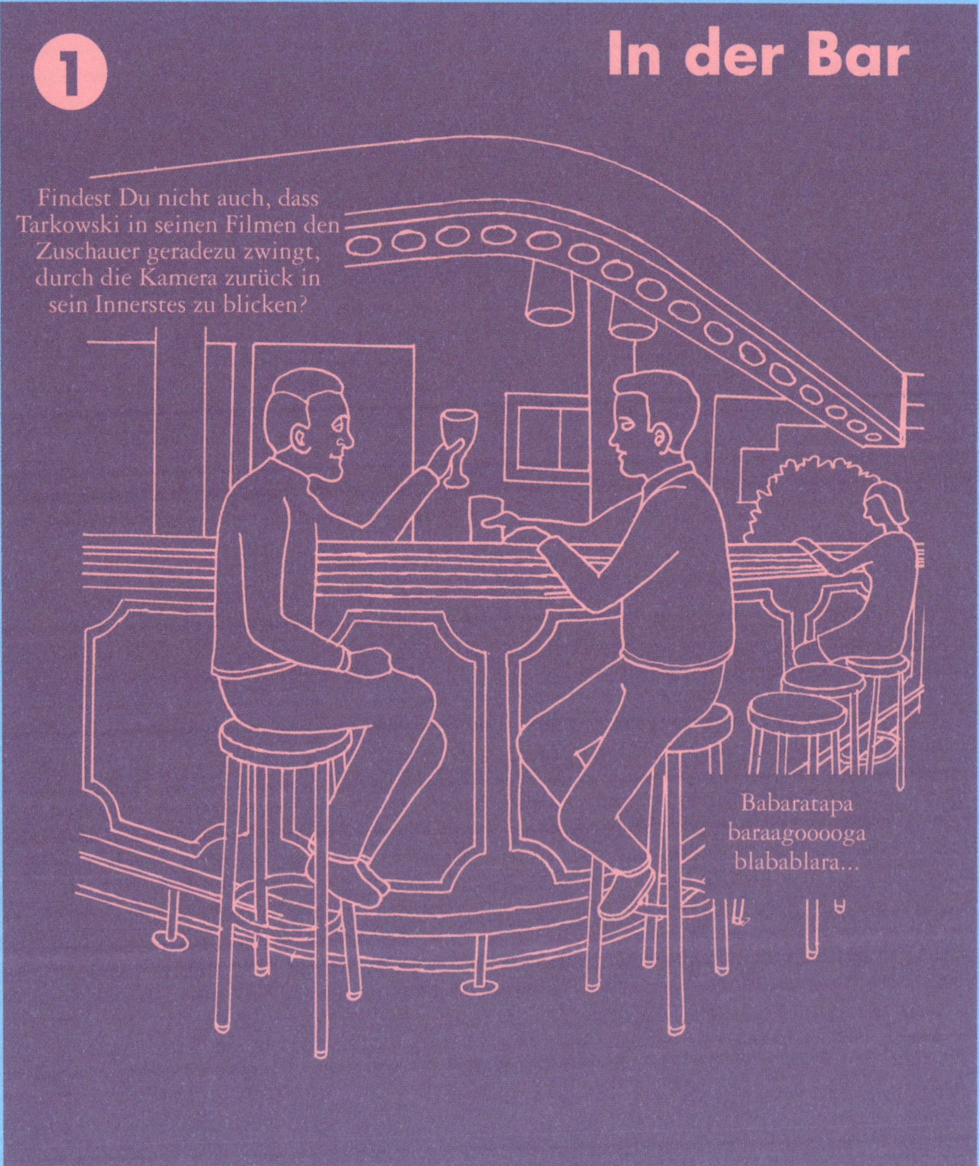

In Deinem ersten Lebensjahr solltest Du vor allem lernen, wie man völlig unverständlich brabbelt. Mal ganz abgesehen davon, dass sich Deine Eltern unweigerlich fragen werden, ob Du nun besonders putzig oder einfach nur zurückgeblieben bist, ist unverständliches Brabbeln eine Fähigkeit, die auch in Deinem späteren Leben von enormer Wichtigkeit sein wird, wie diese Beispiele zeigen.

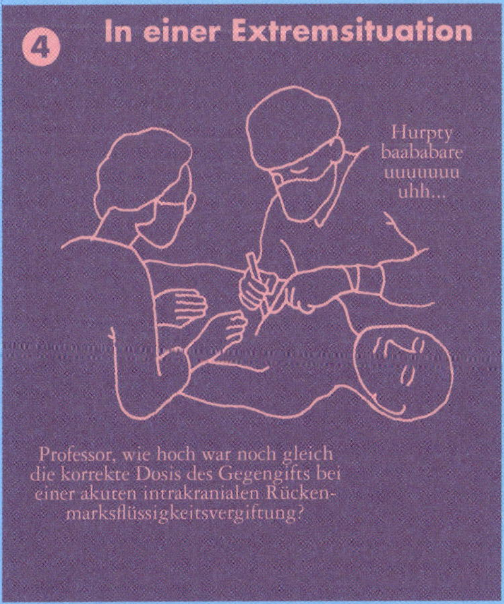

2:
LERNE, DEINE KÖRPERFUNKTIONEN ZU KONTROLLIEREN!

Die meisten Deiner inneren Organe sollten inzwischen ihre Arbeit von allein aufgenommen haben und mehr oder weniger reibungslos funktionieren. Nur Blase und Darm bedürfen noch Deiner vollen Konzentration. Vergegenwärtige Dir ihre Funktionen, und lerne, sie gezielt einzusetzen.

BLASE

1a) Wenn die Blase voll ist, leiten die Nerven einen Impuls über das Rückgrat bis ins Großhirn. Spätestens dort solltest Du diesen Impuls wahrnehmen.
1b) Sobald Du eine geeignete Örtlichkeit aufgesucht hast (z. B. Dein Töpfchen oder eine öffentliche Toilette), lasse Großhirn über den Parasympathikus entsprechende Signale zurück in die Muskelpartie dort unten schicken.
1c) Befiehl Deinem Blasenschließmuskel, sich zu entspannen.
1d) Entspanne nun auch die Beckenbodenmuskulatur.
1e) Befiehl jetzt der Blase, sich in die Harnröhre zu entleeren.
1f) Lass laufen!
1g) Sobald die Blase leer ist, leg den Rückwärtsgang ein.

DARM

2a) Warte bis etwa eine Stunde nach Nahrungsaufnahme; so lange braucht der nicht verarbeitete Rest, den Verdauungstrakt entlangzuwandern.
2b) Sammle den Stuhl in Deinem Mastdarm.
2c) Check Deine darmfüllanzeigenden Rezeptoren auf Volumen.
2d) Begib Dich zu einer geeigneten Örtlichkeit (s. auch 1b).
2e) Zieh Dein Zwechfell nach unten, um Druck auszuüben.
2f) Öffne den Analkanal. Überwinde sämtliche inneren und äußeren Hindernisse – zur Not unter Zuhilfenahme rhythmischer Druckwellen.
2g) Sieh zu Deinen Eltern auf, und zwinge sie mit einem liebevollen Blick aus großen Augen, Dinge zu sagen wie: »Uiii, haddu Aa gemacht? Feinnn!«

ERST WENN
DU DIESE VORGÄNGE
BEHERRSCHST, IST EIN
FORTSCHREITEN IN
DIE NÄCHSTE PHASE
MÖGLICH

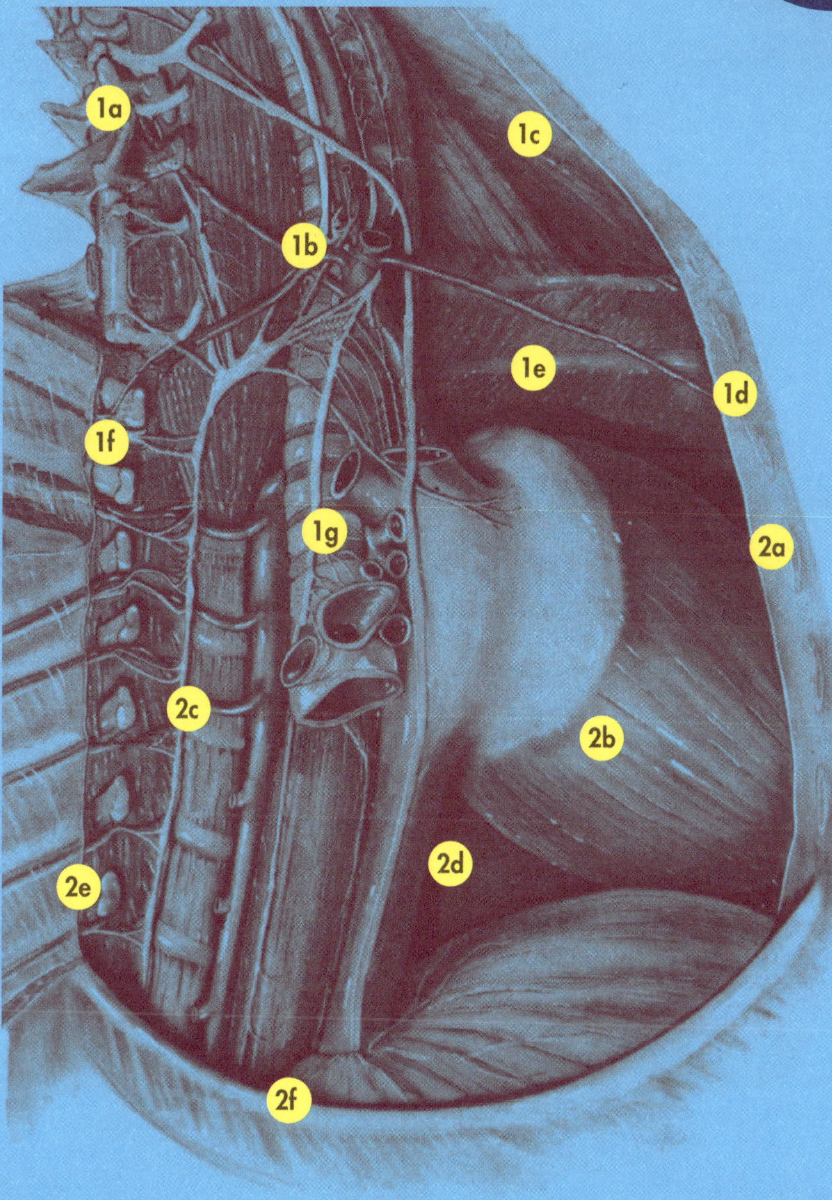

3:
FINDE MAMA ODER PAPA SEXY!

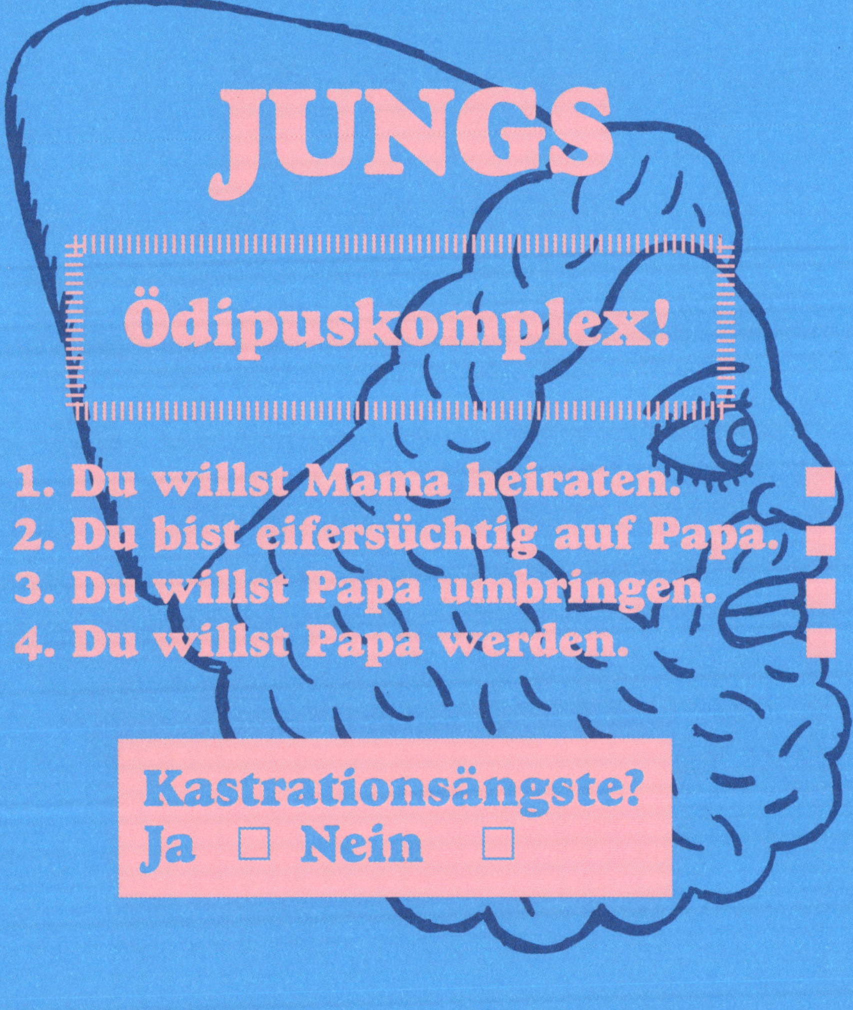

JUNGS

Ödipuskomplex!

1. Du willst Mama heiraten. ■
2. Du bist eifersüchtig auf Papa. ■
3. Du willst Papa umbringen. ■
4. Du willst Papa werden. ■

Kastrationsängste?
Ja ☐ Nein ☐

Seit Sigmund Freud wissen wir, dass diese Phase unvermeidlich zum Leben dazugehört. So peinlich sie auch für alle Beteiligten ist – hier musst Du durch, um ein ausbalancierter Mensch zu werden und eines Tages in den Genuss eines erfüllten Liebeslebens zu kommen. (Vgl. auch Jahre 11, 14, 17, 23, 27, 28, 30, 35, 43, 76.) Hake jede psychosexuelle Phase ab, sobald Du sie durchlaufen hast!

MÄDCHEN

Elektrakomplex!

1. Du willst Papa heiraten. ■
2. Du bist eifersüchtig auf Mama. ■
3. Du willst Mama umbringen. ■
4. Du willst selbst Mama werden. ■

Penisneid?
Ja □ Nein □

Gratuliere! Bis zum Eintritt in die Pubertät hast Du in dieser Hinsicht jetzt erst mal Ruhe.
(Es sei denn, Du hast Mama oder Papa wirklich umgelegt.)

4: ENTLEDIGE DICH DEINES GESCHWISTERCHENS!

So klingt's glaubwürdig!

Sie wollte ausprobieren, ob sie fliegen kann.

Sie hat aber auch echt durstig ausgesehen!

Er wollte eine Runde schwimmen.

Wir haben Operieren gespielt.

Mordversuche an der kleinen Schwester oder am kleinen Bruder gehören in dieser Phase zu Euer beider Leben dazu. Immerhin könnte das Hosenscheißerchen eines Tages versuchen, Dich von Deinem rechtmäßigen Thron zu stoßen! Nutze die Gelegenheit, solange Du noch nicht schuldfähig bist – das Schlimmste, was Dir jetzt passieren kann, ist ein bisschen Hausarrest.

Die Waschmaschine hat sie einfach geschnappt und aufgefressen!

Er hat Rex in den Schwanz gebissen!

Sie hat mir kein einziges von Mamas Bonbons abgegeben.

Gute Gründe für Geschwistermord:

- hat mit Deinem Spielzeug gespielt
- hat Dein Haustier gestreichelt
- hat keine Ruhe gegeben
- hat Deine Legosteine gefressen
- hat Mama abgelenkt
- hat Papa abgelenkt
- hat Oma abgelenkt
- hat Opa abgelenkt
- hat Deine Befehle nicht zur Zufriedenheit/gar nicht ausgeführt
- hat Dich vom Thron gestürzt

5: FREUNDE FINDEN

Freundschafts-Checkliste Kandidat	großes Elternhaus	neueste Spielekonsole	eigenes Schwimmbad	Plasmafernseher
Anna (gutes Bsp.)	✓	✓	✓	✓
Tom (schlechtes Bsp.)	✗	✗	✗	✗

Inzwischen solltest Du die ersten Sandkasten-freunde gefunden haben. Pick Dir die besten raus. Es könnte immerhin sein, dass der eine oder andere Dir ein Leben lang erhalten bleibt und womöglich eine dieser peinlichen Reden auf Deiner Hochzeit halten wird. Hier ein paar gute Kriterien für die Wahl der richtigen Freunde.

reiche Eltern	großzügig mit dem Taschengeld	gut gefüllter Kühlschrank	Ausbildungs-versicherung	Bestanden?
✓	✓	✓	✓	Ja!
✗	✓	✗	✗	Nein!

6: FEINDE FINDEN

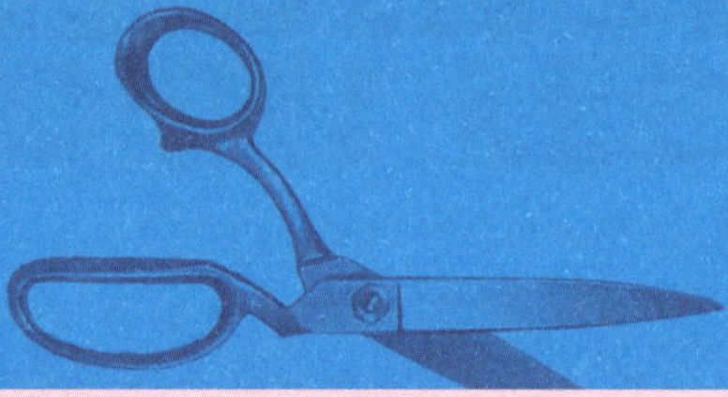

MUSTER

AN ...Toms... PAPA:

Ihr Sohn/~~Ihre Tochter~~ hat mich folgendermaßen beleidigt:

....

...Hat mich »Spacko« genannt...

....

Mein Vater wird Sie dafür verprügeln.

Wann? ...nach der Schule...

Wo? ...auf dem Parkplatz hinterm Pizza Hut...

UND WEHE, SIE TAUCHEN NICHT AUF!

AN .... PAPA:

Ihr Sohn/Ihre Tochter hat mich folgendermaßen beleidigt:

....

....

....

Mein Vater wird Sie dafür verprügeln.

Wann? ....

Wo? ....

UND WEHE, SIE TAUCHEN NICHT AUF!

AN .... PAPA:

Ihr Sohn/Ihre Tochter hat mich folgendermaßen beleidigt:

....

....

....

Mein Vater wird Sie dafür verprügeln.

Wann? ....

Wo? ....

UND WEHE, SIE TAUCHEN NICHT AUF!

AN .... PAPA:

Ihr Sohn/Ihre Tochter hat mich folgendermaßen beleidigt:

....

....

....

Mein Vater wird Sie dafür verprügeln.

Wann? ....

Wo? ....

UND WEHE, SIE TAUCHEN NICHT AUF!

Wenn Du viele Gleichaltrige kennenlernst, wirst Du feststellen, dass nicht alle Dein Fall sind (was möglicherweise auf Gegenseitigkeit beruht). Sobald Du diese neue Erfahrung verdaut hast, ist es an der Zeit, Feindschaften zu pflegen. Um sie offiziell zu machen, nutze diese Formulare!

AN .... PAPA:

Ihr Sohn/Ihre Tochter hat mich folgendermaßen beleidigt:

....

....

....

Mein Vater wird Sie dafür verprügeln.

Wann?..

Wo?...

UND WEHE, SIE TAUCHEN NICHT AUF!

AN .... PAPA:

Ihr Sohn/Ihre Tochter hat mich folgendermaßen beleidigt:

....

....

....

Mein Vater wird Sie dafür verprügeln.

Wann?..

Wo?...

UND WEHE, SIE TAUCHEN NICHT AUF!

AN .... PAPA:

Ihr Sohn/Ihre Tochter hat mich folgendermaßen beleidigt:

....

....

....

Mein Vater wird Sie dafür verprügeln.

Wann?..

Wo?...

UND WEHE, SIE TAUCHEN NICHT AUF!

AN .... PAPA:

Ihr Sohn/Ihre Tochter hat mich folgendermaßen beleidigt:

....

....

....

Mein Vater wird Sie dafür verprügeln.

Wann?..

Wo?...

UND WEHE, SIE TAUCHEN NICHT AUF!

7: DUMME FRAGEN STELLEN

UNSCHULDIG

Warum duften Blumen so gut?

Hat Gott auch eine Mama und einen Papa?

Warum ist der Mond weiß?

Ist Honig echt Bienen-Aa?

Wie schmecken Wolken?

Kommen tote Winkel in den Himmel?

Erwachsene wissen alles. Nutz ihren Wissensvorsprung, und frag ihnen Löcher in den Bauch! Sollte Deinem kleinen hyperaktiven Hirn nicht gleich eine clevere Frage einfallen: hier ein paar Musterbeispiele.

EHER SCHWIERIG

Warum sind manche Leute so blöd?

Warum können Fliegen ohne Flügel nicht mehr fliegen?

Was ist ein Venushügel?

Warum trägst du Mamas Schlüpfer?

Warum müffelt Opa?

Was passiert, wenn meine Eltern das Lösegeld nicht bezahlen?

8:
LASS DEN FERNSEHER IN DEIN LEBEN!

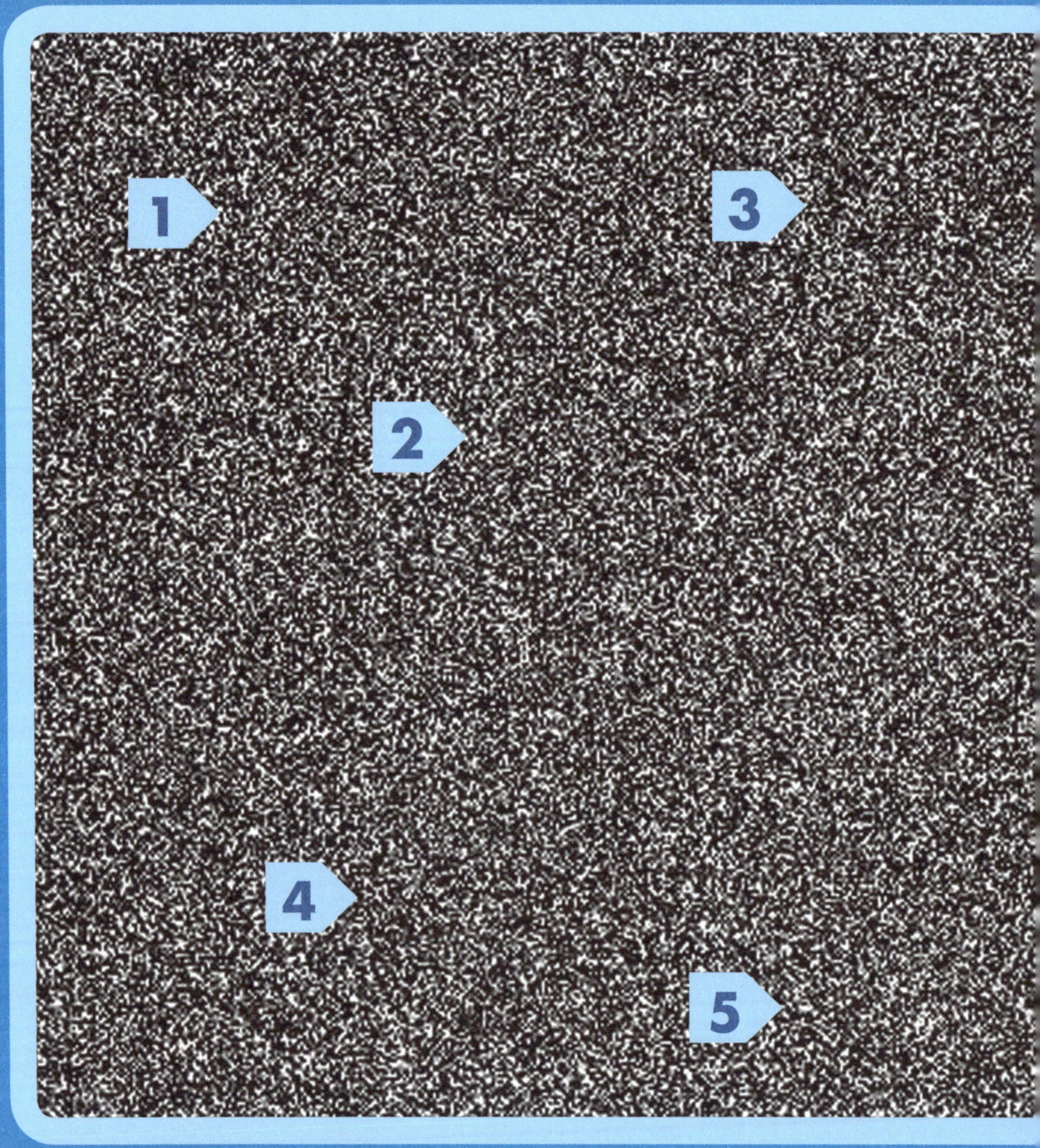

Einen nicht unbeträchtlichen Teil Deiner nächsten 92 Lebensjahre wirst Du vor der Glotze verbringen. Am besten, Du lernst schon jetzt die wichtigsten unterschwelligen Botschaften zu deuten, die dabei auf Dich einfeuern. Sieh Dir diesen Bildschirm ganz genau an, und finde die Botschaften darin!

1. »Was – Du verwendest keine Haarspülung? So kriegst Du in null Komma nichts eine Glatze!«
2. »Deine Erststimme am 9. November gehört dem Kandidaten Braun!«
3. »Ohne Gold Card wirst Du ein Leben lang ein Niemand bleiben!«
4. »Die Polizei ist WIRKLICH Dein Freund und Helfer! Du kannst ihr ALLES anvertrauen!«
5. »Kein Karibikurlaub dieses Jahr? Das hast Du selbst verbockt, Du Finanzloser!«
6. »Multinationale Konzerngiganten sind nur zu Deinem Wohl da, auch wenn es manchmal auf den ersten Blick anders aussieht.«

9: WERDE EIN KONSUMENT!

Eltern kapitulieren und kaufen Dir, was immer Du von ihnen verlangst

Eltern brechen zusammen

Eltern denken über Selbstverstümmelung nach

Eltern denken über Kindstötung nach

Eltern ziehen sich an einen einsamen Ort zurück

Eltern schreien Dich an, endlich die Fresse zu halten

Im Alter von 9 Jahren solltest Du Dich so langsam mit Deiner Rolle als zukünftiger Konsument vertraut machen und Deine Quengelmacht nutzen, um eine Duftmarke auf dem weltwirtschaftlichen Parkett zu hinterlassen. Merke: Niemals nachlassen! Wiederhole Deine Forderungen so oft, bis Deine Eltern kapitulieren und nur noch Schatten ihrer selbst sind. Und hier steht, wie's geht!

ale

1

0er

10: BERUFSWAHL – PLANE RECHTZEITIG!

A Traumjob	hier ankreuzen	B Respektable Jobs	hier ankreuzen
Astronaut		Arzt	
Feuerwehrmann		Börsenmakler	
Geheimagent		Investmentbanker	
Rettungsschwimmer		Antiquitätenhändler	
Profifußballer		Galerist	
Promi		Architekt	
Rennfahrer		Zahnarzt	
Rockstar		Professor	
Filmstar		Richter	
Supermodel		Bürgermeister	
Gehirnchirurg		Geschäftsführer	
Raketenantriebsforscher		Historiker	
Primaballerina		Werbeprofi	
Bestsellerautor		Journalist	
Pilot		Diplomat	
Fernsehmoderator		Tierarzt	
Bundeskanzler		Staatsanwalt	
Bundespräsident		Rechtsanwalt	
Pirat		Familienrechtler	
Speiseeis-Tester		Scheidungsanwalt	

Glückwunsch! Die erste – unbeschwerte – Dekade liegt hinter Dir. Nun ist es an der Zeit, sich dem Ernst des Lebens zu stellen, z. B. Deinem zukünftigen Broterwerb. Anbei ein paar Optionen. Kreuze an, was am ehesten Deinem intellektuellen Potenzial zu entsprechen scheint.

C Alltagstaugliche Jobs	hier ankreuzen
Kellner	
Buchhalter	
Busfahrer	
Computerexperte	
Sekretär	
Friseur	
Immobilienmakler	
Versicherungsvertreter	
IT-Berater	
Rechnungsprüfer	
Bademeister	
Bibliothekar	
Mechaniker	
Milchmann	
Bürokraft	
Rezeptionist	
Gärtner	
Lehrer	
Schalterbeamter	
Briefträger	

D undankbare Jobs	hier ankreuzen
Kloputzer	
Supermarktkassierer	
Hamburger-Wender	
Gebrauchtwagenhändler	
Gerichtsvollzieher	
Verkehrserzieher	
Müllsortierer	
Kummerkastentante	
Bodyguard	
Henker	
Steueranwalt	
Geldeintreiber	
Pizzafahrer	
Gassigeher	
Stricher	
Zuhälter	
Pornofilmdouble	
Dealer	
Künstler	
Bestatter	

1.1: FÜR LEHRER SCHWÄRMEN

Biologie

Aufgabe: Beschreibe die Funktion der einzelnen Pflanzenteile!

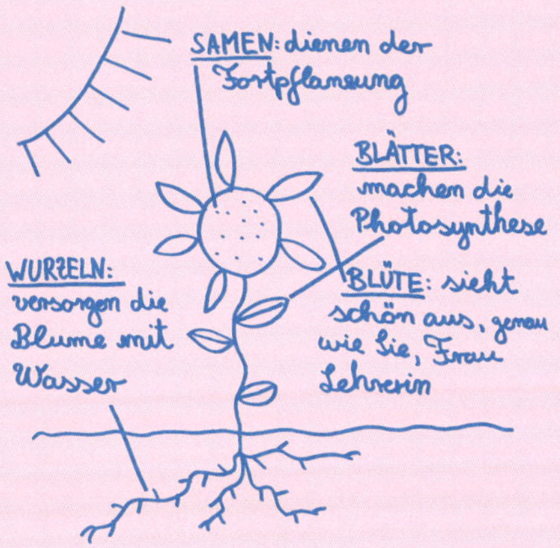

Physik

Aufgabe: Kraftfelder (44b)

Französisch

Jacques mange un baguette. Il est un garcon. Son age est onze an. Jacques habite dans Paris. Paris es le capital de la France. Je t'aime! Je t'adore!! Pour toujour! Jacques avait une soeur Emilie, mais elle est dans Amerique pour visite le oncle de Jaques, qui est Ronald. Ronald habite a Washington D.C.

Mit 11 Jahren darfst Du ein letztes Mal so richtig unschuldig verknallt sein. Du wirst noch keinen sexuellen Erfolgsdruck verspüren. Nutz die Gelegenheit, und verguck Dich in einen Deiner Lehrer! Wenn der davon aber nichts erfährt, ist es nur halb so lustig. Mogle Deine Liebeserklärung also einfach zwischen die Hausaufgaben!

Erdkunde

10. Februar
Unser Dorf

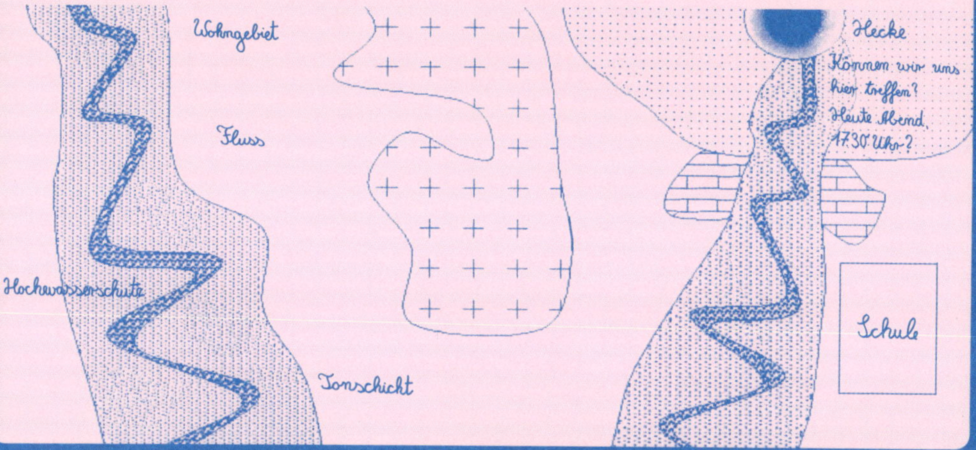

Mathe

Der Hersteller eines neuen Motoröls behauptet, dieses führe bei einem bestimmten PKW zu 10 % geringerem Kraftstoffverbrauch als bei einem herkömmlichen Motoröl. Bei einer jährlich zurückgelegten Strecke von 15000 km verbraucht der PKW mit dem herkömmlichen Öl derzeit 8 l Kraftstoff je 100 km. Wie viel könnte der Fahrer mit dem neuen Öl einsparen?

$$\frac{15000\,km}{12{,}5\,km/l} = 1200\,km/l$$

$$1200\,l \cdot 0{,}1 = 120\,l$$

PS: Keine Ahnung, ob das stimmt, aber vielleicht könnten wir es mit Ihrem Auto nachprüfen. Jetzt am Wochenende? Bitte, Herr Schneider, biiiiitte!!!

Kunsterziehung

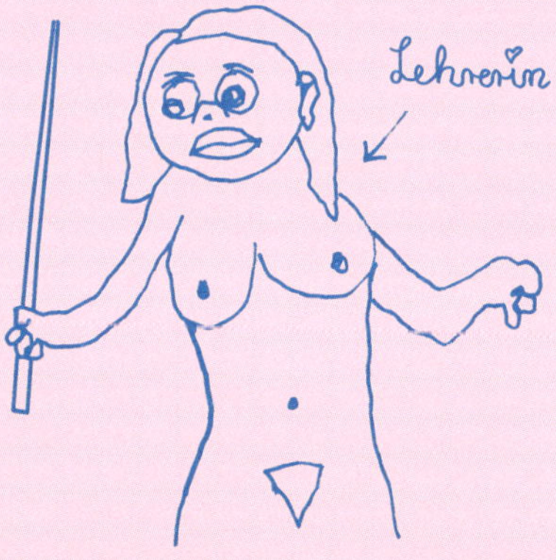

12: BEZWINGE DIE HORMONE!

Mit 12 Jahren ist die Kindheit ein für alle Mal vorbei. Tadaaa! Jetzt kommt die Pubertät – ein elender Kampf. Aber hoch die Faust! Überlass Dein Hirn nicht widerstandslos den Hormonen. Es gibt Mittel und Wege, die wild gewordenen Botenstoffe zurückzudrängen. Am einfachsten geht es mit Chemie.

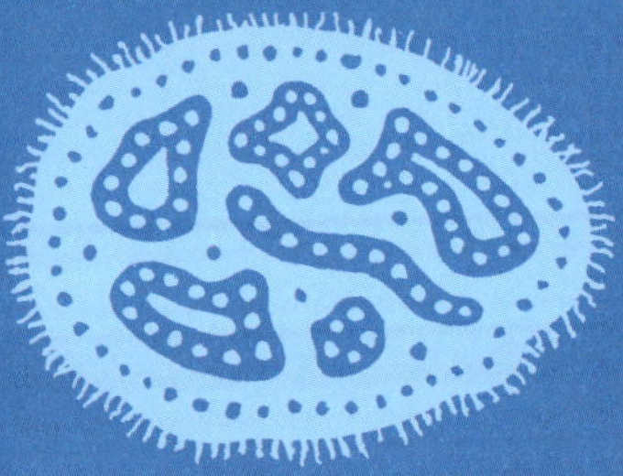

Natürliches Hormon: *Testosteron*
Auswirkung: Akne
Chemische Waffe: Haut mit einem Plastikgegenstand bearbeiten, der den Weichmacher DEHP enthält

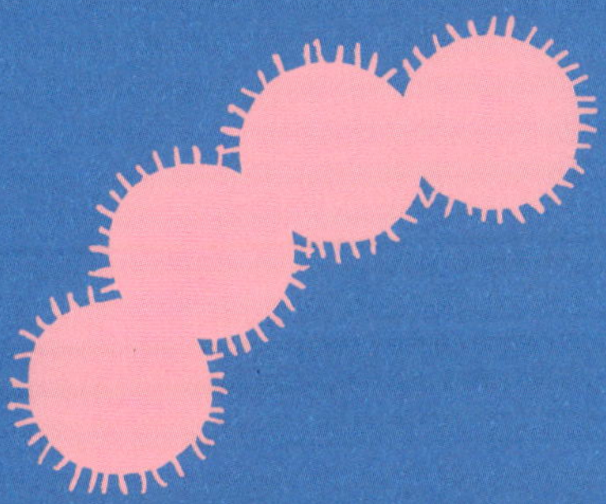

Natürliches Hormon: *Prolaktin*
Auswirkung: Stimmungsschwankungen
Chemische Waffe: in mit Fenarimol angereicherten Pestiziden duschen

Natürliches Hormon: *Dihydrotestosteron*
Auswirkung: unwillkürliche Erektionen
Chemische Waffe: mit Insektizid auf Pyrethroidbasis betupfen

Natürliches Hormon: *Östrogen*
Auswirkung: Menstruation
Chemische Waffe: polychlorierte Biphenyle aus einer handelsüblichen Neonröhre lutschen

Natürliches Hormon: ***Prostacyclin***
Auswirkung: feuchte Träume
Chemische Waffe:
Mit Diethylstilbestrol versetztes Wasser trinken

Natürliches Hormon: ***Progesteron***
Auswirkung: fettiges Haar
Chemische Waffe: Inhalation von Diesel-Biphenyldämpfen

Natürliches Hormon: ***Thyrotropin***
Auswirkung: unangenehmer Schweißgeruch
Chemische Waffe: Trifluralin-behandeltes Gemüse essen

Natürliches Hormon: ***Erythropoetin***
Auswirkung: schlechte Körperhaltung
Chemische Waffe: DDE-geschwängerte Insektizide unzerkaut einnehmen

Natürliches Hormon: ***Androgen***
Auswirkung: unkontrollierter Schamhaarwuchs
Chemische Waffe:
Diät auf Basis polybromisierter, mit Biphenyl kontaminierter Konserven

Natürliches Hormon: ***Leukotriene***
Auswirkung: Stimmbruch
Chemische Waffe: in Hexachlorbenzol gedünsteten Fisch essen

13: WENN AUS LIEBE HASS WIRD

VORHER

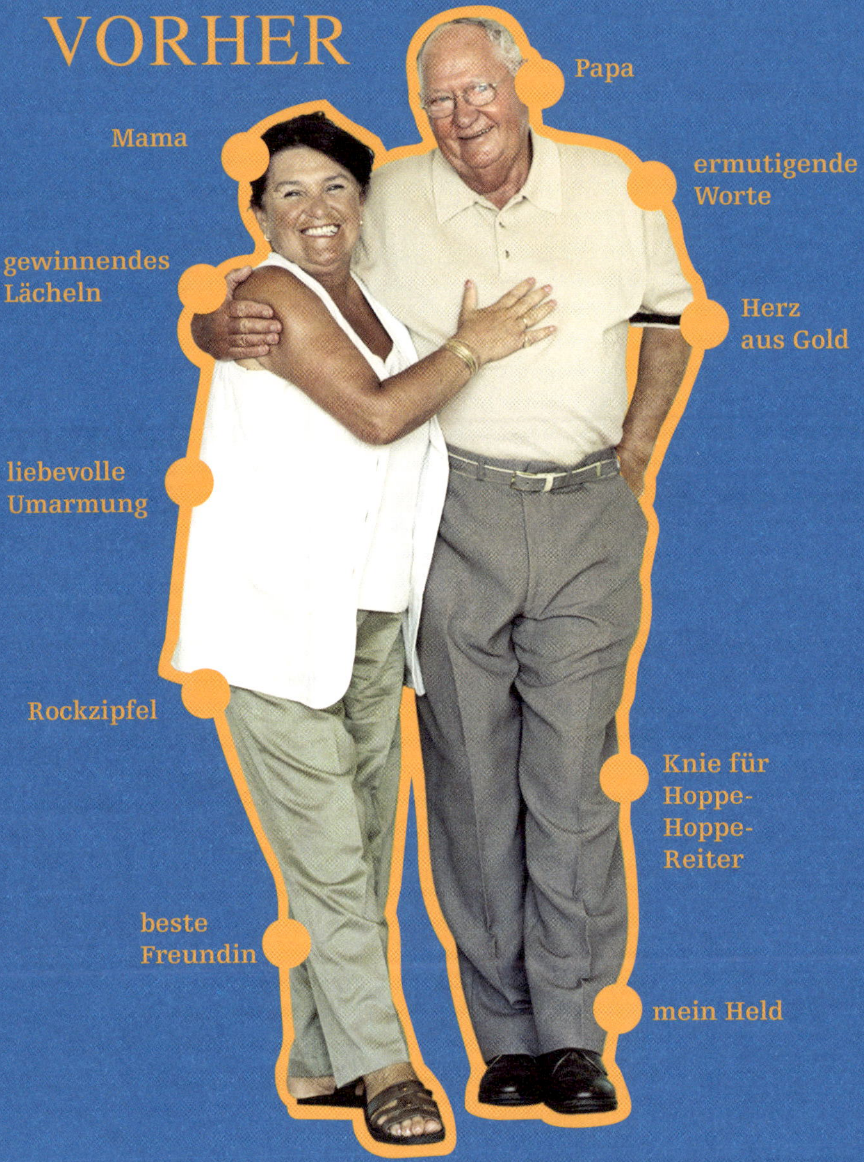

Viele Kinder fürchten, Mama und Papa niemals hassen zu können. Im Alter von 13 Jahren setzt dies jedoch ganz von selbst ein. Bei manch einem passiert es über Nacht, manch anderer braucht dazu ein wenig länger. Nur die Ruhe, wenn's nicht gleich klappt! Lass den Dingen ihren Lauf, und beobachte die Entwicklung anhand der u. a. Zeitleiste.

NACHHER

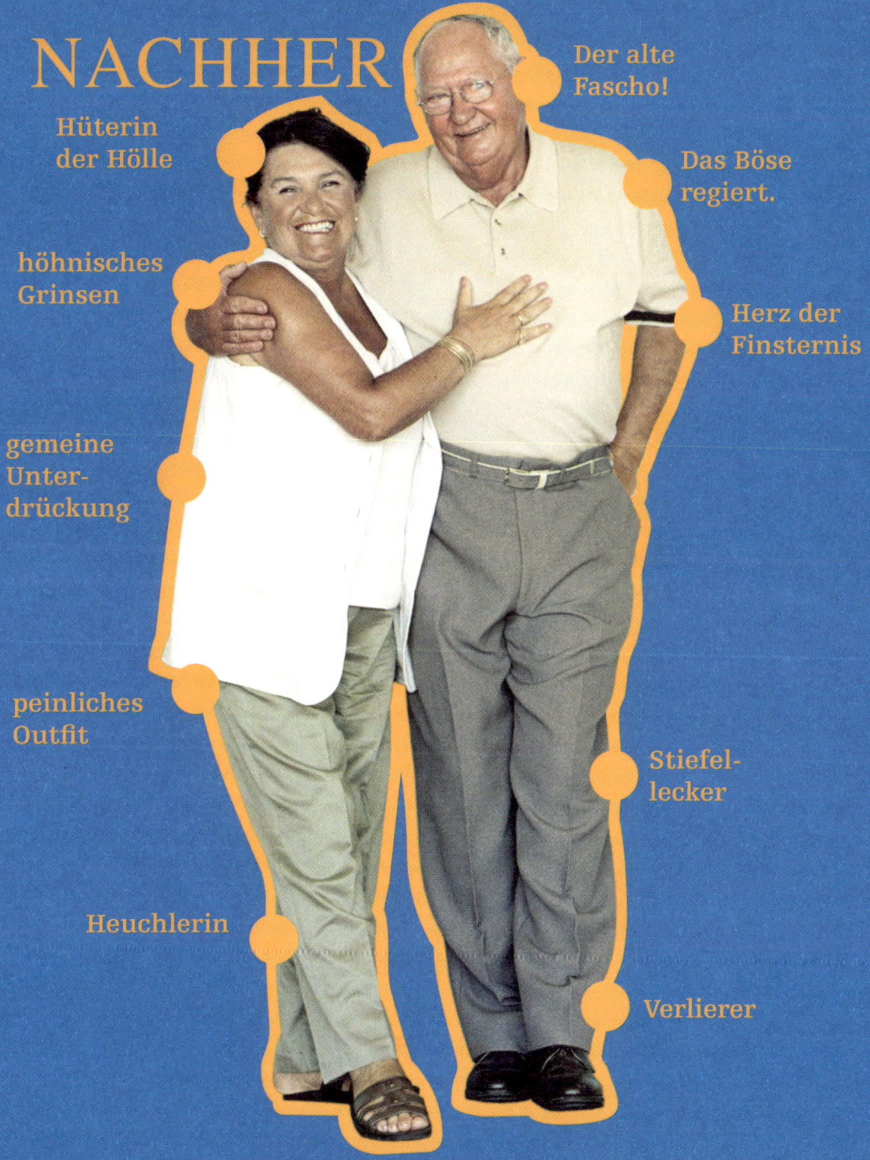

···► Monat 12: Hass!

14: DAS ANDERE GESCHLECHT

Ha ha! Also gestern hat mein bester Freund/meine beste Freundin .... im Französischkurs mit dieser/diesem voll süßen .... rumgequatscht, über zusammen gehen und so. Egal, jedenfalls hat .... zu mir rübergeguckt und dann voll gegrinst und dann .... was ins Ohr geflüstert, und dann haben beide sich voll ausgeschüttet vor Lachen. Keine Ahnung, was das sollte. Er/Sie ist ja echt ganz süß, aber ich find ja .... auch toll! Bin mir nicht sicher. Nach der Schule bin ich ihnen dann aus dem Weg gegangen, und dann bin ich fast mit .... zusammengestoßen, und .... ist echt die krasseste Sache passiert! Er war am Wochenende in der Stadt und hat .... und .... knutschen gesehen!!!! Ich glaub's nicht!!!!!!!! Diese Schlampe! Dabei weiß doch echt jeder, dass .... mit ....rummacht. Voll endgeil! Also jedenfalls ist mein bester Freund/meine beste Freundin .... dann zu mir gekommen und hat erzählt, dass .... gesagt hat, er/sie steht total auf mich. War mir todpeinlich, weil ich bin echt total rot geworden! In der Schule hab ich dann so getan, als würd ich sie nicht sehen, aber die beiden haben dann immer so zu mir rübergeguckt, obwohl ich das nicht so genau sehen konnte, die aber auch nicht, glaub ich, und außerdem saßen sie in der Reihe hinter mir, aber manchmal glaub ich echt, ich spür das. Egal, also. Oh, und bevor ich's ver-

Mit 14 solltest Du langsam damit anfangen, ein obsessives Interesse am anderen Geschlecht zu entwickeln. Deine ersten wackligen Schritte entscheiden jetzt über Deinen späteren Lebensweg. Schreib Tagebuch! Eine schmerzhaft minutiöse Dokumentation ist wirklich hilfreich! Am besten, Du bedienst Dich dabei der Variante Deiner Muttersprache, die Du jetzt am besten beherrschst: Dummdeutsch.

gesse, ... hat .... erzählt, dass ich .... erzählt hätte, dass .... und .... rumgemacht haben. Und ich so: Ey geht ja gar nicht! Wir haben echt Tränen gelacht, das war total geil! Also jedenfalls find ich ja .... echt ganz süß, aber ich bin mir nicht so sicher, ob er/sie mich auch süß findet. Einmal in Mathe hat er/sie zu mir rübergeguckt, und ich glaub, er/sie hat mich angelächelt, aber dann hab ich mir gedacht, ey geht gar nicht, weil wir sind ja wohl echt total verschieden. Und dann hab ich was gesagt, was so saudoof war, dass es mir echt voll peinlich war, und es ist echt zu peinlich, das aufzuschreiben, so saupeinlich war das. AAARGHHHH! Aber egal. Seither hab ich kein Wort mehr mit .... gesprochen, dabei find ich ihn/sie echt süß. ECHT! Nur dann hat heute .... angerufen und meinte, er/sie fänd ja eigentlich .... echt voll super, und dann hab ich .... angerufen und ihm/ihr erzählt, dass .... ja auf ihn/sie stehen würde, und dann wollte er/sie wissen, ob ich ....s Nummer hätte. Ich so: Ey nee, hab ich nicht. Er/Sie dann so: Vielleicht hat .... ja die Nummer. Den/Die hab ich dann angerufen, aber er/sie hatte die Nummer auch nicht. Warum muss das immer so scheißkompliziert sein?! Manchmal glaub ich echt, ich find nie den Richtigen/die Richtige. Das Leben ist echt total scheiße. Seufz. Aber zum Glück sind jetzt dann auch bald Ferien.

15: STURM UND DRANG

Mit 15 hast Du den Höhepunkt Deiner Teenie-Jahre erreicht – spätestens jetzt musst Du die ganze Welt an Deinem Weltschmerz und Protest teilhaben lassen. Stelle sicher, dass auch wirklich jeder von Deiner Einstellung erfährt, sonst war alle Rebellion umsonst. Bitte sämtliche an Deiner Erziehung beteiligten Erwachsenen beizeiten, auf dem nebenstehenden Formular an Eides statt zu attestieren, dass Du auch wirklich ordentlich rebelliert hast, und dann häng Dir das Zertifikat sonst wohin.

Mindestanforderungen:

❶ Der/Die 15-Jährige hat wiederholt Ihre Autorität infrage gestellt, Sie angeschrien, Türen geschlagen, ausdauernd geschmollt und mehrfach darauf verwiesen, er/sie habe niemals darum gebeten, geboren zu werden.
❷ Der/Die 15-Jährige hat die kostbare Zeit von Ermittlungsbeamten in Anspruch genommen, z. B. infolge von unerlaubtem Konsum harter Alkoholika, störendem Herumlungern im Einkaufszentrum mit anschließendem Ladendiebstahl.
❸ Der/Die 15-Jährige hat wiederholt den Unterricht gestört, Hausaufgaben nicht gemacht, war ausschließlich in Schwarz gekleidet, hat auf dem Schulgelände geraucht und sich mindestens zwei Mal beim Direktor einen blauen Brief abholen müssen.
❹ Der/Die 15-Jährige hat sich in einem Laden herumgetrieben, Interesse an bestimmten Waren geheuchelt, nur um dann unauffällig andere mitgehen zu lassen, anschließend das Unschuldslamm gespielt und dabei blöd gegrinst.

URKUNDE

Hiermit bestätigen wir an Eides statt, dass

....

erfolgreich gegen seine / ihre unmittelbare Umgebung und die Gesellschaft im Allgemeinen aufbegehrt und somit das 16. Lebensjahr vollendet hat.

❶ ....

MUTTER VATER

❷ ....

ÖRTLICHE POLIZEIDIENSTSTELLE

❸ ....

LEHRKÖRPER

❹ ....

LADENINHABER

16:.. GRÜNDE EINE EIGENE BAND!

RECTAL PROLAPSE

The Fuck Buddies

Apple Pie Over-Dose

Jeder Teenager, der etwas auf sich hält, will Rockstar werden. Mit 16 hast Du das richtige Alter erreicht, diesen Traum wahr werden zu lassen. Trommle ein paar Freunde zusammen, und mit ein bisschen Glück hast Du auch noch ein wenig musisches Talent, sodass einer Bandgründung eigentlich nichts mehr im Wege steht. Fehlt nur noch ein eingängiger Bandname. Hier ein paar Vorschläge.

ROTTEN SCROTUM

TOE JAM

ATOMIC TAMPAX

THE DEAD GRANDADS

A-LEVEL GANGBANG

EVISCERATOR 3000

SUBURBAN CRACK ATTACK

THE DOUCHE BAGS

COLUMBINE COMBO

Anmerkung: Sollte Deine kleine, mickrige Garagenband wider Erwarten tatsächlich die Charts stürmen, wirf dieses Buch weg. Der Rest ist unerheblich – Du wirst eh machen können, was immer Du willst.

17:
VERLIERE DEINE UNSCHULD

Mädchen:

Der Nachbarsjunge ☐

VORTEIL: nett, keine Geschlechtskrankheiten, kurzer Anfahrtsweg
NACHTEIL: Flirt und Sex unbeholfen

Der ältere Mann ☐

VORTEIL: elegant, erfahren, zahlt das teure Abendes
NACHTEIL: eifersüchtige Ehefrau, heulende Kinder

Der mysteriöse Fremde ☐

VORTEIL: mysteriös
NACHTEIL: fremd

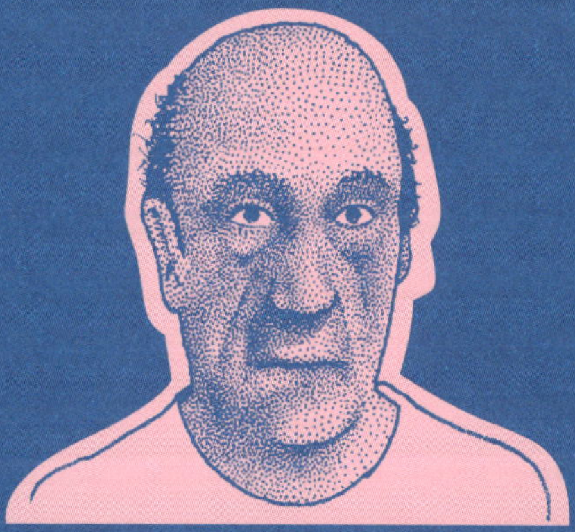

Der liebe Onkel ☐

VORTEIL: muss man nicht erst den Eltern vorstellen
NACHTEIL: zu viele, um sie hier aufzuzählen

Bis 13 ist Geschlechtsverkehr illegal; danach ist er zwar unter bestimmten Voraussetzungen gesetzlich erlaubt, aber erst mit 17 bist Du wirklich reif dafür. Stellt sich die Frage: Mit wem schlafen? Hier sind die Optionen, die Dir offen stehen. Kreuze am Jahresende diejenige an, für die Du Dich entschieden hast.

Jungen:

Die Nachbarstochter ☐

VORTEIL: süß, keine Geschlechtskrankheiten, kurzer Anfahrtsweg

NACHTEIL: nicht besonders sexy

Die ältere Frau ☐

VORTEIL: erfahren, weiß Dich zu schätzen

NACHTEIL: Klischee hoch zehn

Die Prostituierte ☐

VORTEIL: Verlust der Unschuld garantiert

NACHTEIL: möglicherweise unhygienisch, kostet das ganze Taschengeld

Das Haustier ☐

VORTEIL: quiekt vielleicht, aber erzählt es garantiert nicht weiter

NACHTEIL: Pfui. Sollte man vermeiden, außer man ist auf dem Bauernhof groß geworden

18: ENDLICH WAHLBERECHTIGT

DIE EXTREME WAHL

zugunsten irgendeiner dahergelaufenen unbelehrbaren trotzkistischen Linkspartei, die sich für die sofortige Zerschlagung der bürgerlich-militaristischen Ordnung einsetzt.

DIE ÖDIPALE WAHL

zuungunsten jeglicher Partei, die Deine Eltern in den vergangenen 18 Jahren gewählt haben, ganz egal ob rechts oder links. Stimmt häufig mit der extremen Wahl überein.

Mit 18 bist Du endlich ein vollwertiges Mitglied Deiner Gesellschaft und kannst die Rechte wahrnehmen, für die sich einst die alten Griechen starkgemacht haben. Doch versuche, die folgenden typischen Fehler von Erstwählern zu vermeiden.

DIE NUTZLOSE WAHL

zugunsten irgendeiner Gutmenschen-Minipartei, die niemals die Chance hat, ins Parlament einzuziehen. Vergiss Dein eigenes Karmapunktekonto – eine solche Wahl lohnt einfach nicht.

DIE ZYNISCHE WAHL

zugunsten eines extrem rechten Kandidaten. Das mag beim Schülerstammtisch für Lacher sorgen – bis zu dem Moment, da der Fascho zum Wahlsieger erklärt wird.

Anmerkung: Unter Deinen Altersgenossen wird gerne auch gar nicht gewählt. Aber es wurde noch kein Regime durch Nichtwähler gestürzt.

19: AKADEMISCHE WEIHEN

So viel hab ich gelernt:
€uro...............................

Vorlesung »Angewandte Genomik – die Information in Deinem Erbgut«.....
Proseminar »Die Einsamkeit als Topos im Werk Marcel Prousts«.................
AG »Rechnergesteuerte Abbildungen in der Biophysik«.................................
Vorlesung »Mesopotamische Münzprägung in der Mittleren Periode«........
Vorlesung »Postfeministische Forderungen in der Lyrik von Silvia Plath«.....
Seminar »Molekülsequenzierung 101«...
Kurs »Französisch für Fortgeschrittene II«...
Kurs »Kantonesisch für Fortgeschrittene II«...
Vorlesung »Patentrecht für Nanotechnologen: Schlupflöcher im Gesetz«....
Kolloquium »Symbole der Bisexualität in der Malerei des 17. Jahrhundert
Vorlesung »Modelle für die Finanzwelt: Stochastische Gleichungen«...........
Ringvorlesung »Neurochirurgie heute: Intrakraniale Aneurismen«...............
Proseminar »Die mündliche Überlieferungstradition der Wikinger«.............
Hauptseminar »Molekularbiologie – Modellversuche an Eukaryoten«...........
Vorlesung »Hegels Philosophie einer Ästhetik und ihr Gegenentwurf«.........
Übung »Dividendenrabattmodelle in der Wertberichtigung«..........................
Kurs »Drehbuchschreiben für Anfänger«...
Seminar »Namespaces in XML 1.1, SVG 1.1 und XLS (XLS-FO) 1.0«........
Journalistisches Seminar »Konzerninterna auskundschaften«........................

Wenn Du nicht ausgerechnet jetzt Deinen Musterungsbefehl bekommst oder anderweitige Verpflichtungen einhalten musst, solltest Du Dich an der Uni einschreiben. Ziel: Bildung – und bestenfalls ein Abschluss. Heutzutage ist ein Hochschulabschluss wichtiger denn je. Er wird es Dir erleichtern, in der globalen Wirtschaftswelt zumindest den Fuß in irgendeine Tür zu stellen. Statistiken belegen, dass Uniabsolventen im Lauf ihres Lebens mitunter bis zu einer Million mehr verdienen als ihre Altersgenossen ohne akademische Weihen. Versuche also, möglichst lukrative Fächer zu belegen.

.... macht sich bezahlt mit bis zu: 23 000 €

.... macht sich bezahlt mit bis zu: 45 €

.... macht sich bezahlt mit bis zu: 15 000 €

.... macht sich bezahlt mit bis zu: 24,50 €

.... macht sich bezahlt mit bis zu: 9 €

.... macht sich bezahlt mit bis zu: 49 000 €

.... macht sich bezahlt mit bis zu: 2 000 €

.... macht sich bezahlt mit bis zu: 22 000 €

.... macht sich bezahlt mit bis zu: 78 200 €

.... macht sich bezahlt mit bis zu: 116 €

.... macht sich bezahlt mit bis zu: 68 000 €

.... macht sich bezahlt mit bis zu: 57 900 €

.... macht sich bezahlt mit bis zu: 11 €

.... macht sich bezahlt mit bis zu: 59 500 €

.... macht sich bezahlt mit bis zu: 0,10 €

.... macht sich bezahlt mit bis zu: 101 998 €

.... macht sich bezahlt mit bis zu: 0–1 000 000 €

.... macht sich bezahlt mit bis zu: 62 109 €

.... macht sich bezahlt mit bis zu: 8 400 €

die 2

0er

20:
FINDE DICH SELBST

- abenteuerlustig ☐
- abwesend ☐
- aggressiv ☐
- akkurat ☐
- angespannt ☐
- ängstlich ☐
- anpassungsfähig ☐
- apathisch ☐
- arrogant ☐
- asozial ☐
- aufbrausend ☐
- aufgeschlossen ☐
- aufmerksam ☐
- aufmüpfig ☐
- ausgefuchst ☐

- barmherzig ☐
- belastbar ☐
- berechnend ☐
- bescheiden ☐
- besonnen ☐

- chaotisch ☐
- clever ☐

- demütig ☐
- destruktiv ☐
- distanziert ☐
- diszipliniert ☐
- dogmatisch ☐
- dominant ☐
- dümmlich ☐
- dünkelhaft ☐
- durchgeknallt ☐

- egomanisch ☐
- egozentrisch ☐
- ehrgeizig ☐
- ehrlich ☐
- eifersüchtig ☐
- eigennützig ☐
- eilfertig ☐
- eingeschüchtert ☐
- einsiedlerisch ☐
- eitel ☐
- eloquent ☐
- emotional ☐
- empfindlich ☐
- energisch ☐
- enthusiastisch ☐
- entspannt ☐
- erfinderisch ☐
- ernst ☐
- extravagant ☐
- extrovertiert ☐
- exzentrisch ☐

- fanatisch ☐
- fantasievoll ☐
- faul ☐
- feige ☐
- flamboyant ☐
- flexibel ☐
- fokussiert ☐
- freundlich ☐
- frivol ☐
- fröhlich ☐
- furchtsam ☐

- gastfreundlich ☐
- geduldig ☐
- gehorsam ☐
- geizig ☐
- gemein ☐
- generös ☐
- genießerisch ☐
- genusssüchtig ☐
- gerecht ☐
- gesellig ☐
- gleichgültig ☐
- grausam ☐
- graziös ☐
- griesgrämig ☐
- grob ☐
- großzügig ☐

- hartherzig ☐
- hartnäckig ☐
- hasserfüllt ☐
- herzlos ☐
- hilfsbereit ☐
- hinterfotzig ☐
- hochmütig ☐
- höflich ☐
- hysterisch ☐

- impulsiv ☐
- indiskret ☐
- intelligent ☐
- intolerant ☐
- introvertiert ☐
- intuitiv ☐

- jämmerlich ☐
- jovial ☐

- kindisch ☐
- kokett ☐
- kompromisslos ☐
- kontrollsüchtig ☐
- kooperativ ☐
- kratzbürstig ☐
- kriecherisch ☐
- kritisch ☐

Eigentlich ist ein Studium nur dazu da, sich selbst neu zu erfinden. Noch kennt Dich keiner. Du kannst Dich also vollkommen neu positionieren. Aus der unten angeführten umfangreichen Liste elementarer Charaktereigenschaften wähle fünf oder sechs aus, die in Zukunft Dein Ich kennzeichnen sollen.

- langweilig ☐
- lasterhaft ☐
- launisch ☐
- lebhaft ☐
- leidenschaftlich ☐
- lethargisch ☐
- liebevoll ☐
- logisch ☐

- manipulativ ☐
- masochistisch ☐
- materialistisch ☐
- misstrauisch ☐
- muffelig ☐
- mutig ☐

- nachdenklich ☐
- nachsichtig ☐
- naiv ☐
- närrisch ☐
- nervös ☐
- nett ☐
- neugierig ☐
- neurotisch ☐

- oberflächlich ☐
- obsessiv ☐
- opportunistisch ☐
- optimistisch ☐
- organisiert ☐

- paranoid ☐
- passiv ☐
- pessimistisch ☐
- pompös ☐
- pragmatisch ☐
- prahlerisch ☐
- prätentiös ☐
- promiskuitiv ☐
- psychotisch ☐

- quengelig ☐
- querulant ☐

- rachsüchtig ☐
- rational ☐
- rebellisch ☐
- rechthaberisch ☐
- redselig ☐
- reizbar ☐
- religiös ☐
- reserviert ☐
- respektvoll ☐
- romantisch ☐
- rücksichtslos ☐
- rücksichtsvoll ☐
- ruhig ☐

- sadistisch ☐
- sarkastisch ☐
- scheinheilig ☐
- schelmisch ☐
- schüchtern ☐
- selbstbewusst ☐
- sentimental ☐
- sinnlich ☐
- skrupellos ☐
- solidarisch ☐
- stolz ☐
- streng ☐
- subversiv ☐

- taff ☐
- taktvoll ☐
- tatkräftig ☐
- tolerant ☐
- treu ☐

- überheblich ☐
- überzeugend ☐
- unanständig ☐
- unehrlich ☐
- unentschlossen ☐
- ungeduldig ☐
- ungehobelt ☐
- unordentlich ☐
- unsensibel ☐
- unsicher ☐
- unterwürfig ☐
- unverblümt ☐

- verantwortungslos ☐
- verlässlich ☐
- verletzlich ☐
- vertrauensselig ☐
- verwirrt ☐
- virtuos ☐
- vorausschauend ☐
- vorsichtig ☐
- vorurteilsbehaftet ☐
- vorwurfsvoll ☐
- vulgär ☐

- waghalsig ☐
- warmherzig ☐
- weinerlich ☐
- weltmännisch ☐
- wissbegierig ☐
- würdevoll ☐

- zaghaft ☐
- zänkisch ☐

21: WELTWEIT ERWACHSEN

KLASSISCHE RITUALE

SEPIK (Neuguinea)
Ziehen Sie sich nackt aus, und lassen Sie ältere Familienmitglieder Hunderte Wunden in Ihre Haut ritzen, bis Sie dem Heiligen Krokodil gleichen. Widmen Sie sich dann der langsamen Heilung.

INUIT (Arktis)
Lassen Sie sich zur besten arktischen Mittwinterzeit an im Schnee steckende Pfähle fesseln. Nach einer Woche werden Sie befreit, und um den Tod zu verstehen, wird auf Sie geschossen.

Glückwunsch! Spätestens jetzt giltst Du selbst im letzten Winkel der Welt als volljährig, selbst bei den inzwischen recht selten gewordenen Gefolgsleuten des ollen Reichsgesetzes vom 17. Februar 1875. Von uns wirst Du ab HIER gesiezt. Sorgen Sie dafür, dass alle von Ihrem Übertritt ins Erwachsenenleben erfahren, indem Sie eines der unten aufgeführten Rituale öffentlich über sich ergehen lassen. Sie alle erfordern eine gewisse Leidensfähigkeit, aber die werden Sie ab sofort ohnehin brauchen.

ARANDA (Australien)

Lassen Sie sich wiederholt in die Luft werfen und im Freiflug mit Stöcken schlagen, bevor man Sie – natürlich ohne Narkose – beschneidet und Ihnen anschließend Ihren Namen auf die Stirn tätowiert.

ABSCHLUSSFEIER (Großbritannien)

Nehmen Sie vor Sonnenuntergang Unmengen toxischer Substanzen zu sich, die Sie bei Sonnenaufgang wieder hervorwürgen.

22: EROBERN SIE DIE WELT!

1

EIFFELTURM

(Paris, Frankreich)

Hinweis: Der Tradition nach wird dieses Foto vom Place du Trocadéro aus aufgenommen.

2

FREIHEITSSTATUE

(New York, USA)

Hinweis: Verwenden Sie die Zoomfunktion Ihrer Kamera.

3

DER SCHIEFE TURM VON PISA

(Pisa, Italien)

Hinweis: Die beste Aufnahme mit dem hier angedeuteten Neigungswinkel entsteht vom anderen Ende der Piazza aus.

4

Hofbräuhaus

(München, Deutschland)

Hinweis: Einfach die Kamera draufhalten. Aber sechs Maßkrüge sollten schon auf dem Foto sein.

Mit 22 steht Ihnen die Welt offen. Reisen Sie so oft und so weit wie möglich, um genug langweilige Anekdoten für das Alter anzusammeln. Machen Sie Fotos von den folgenden Sehenswürdigkeiten, und kleben Sie sie hier ein als Beweis dafür, dass Sie wirklich die Welt gesehen haben.

5

WINDMÜHLE

(irgendein Acker, Niederlande)

Hinweis: Standardaufnahme aus der Frontalperspektive.

6

KOLOSSEUM

(Rom, Italien)

Hinweis: Diese Ansicht entsteht aus dem Eingang zum Forum Romanum.

7

AKROPOLIS

(Athen, Griechenland)

Hinweis: Stellen Sie sicher, dass Sie die Dreiviertelansicht des Parthenons ablichten.

8

KREML

(Moskau, Russische Föderation)

Hinweis: Für diese Perspektive eignet sich der Eingang des Warenhauses GUM direkt am Roten Platz.

23: MITNEHMEN, WAS GEHT

Frauen

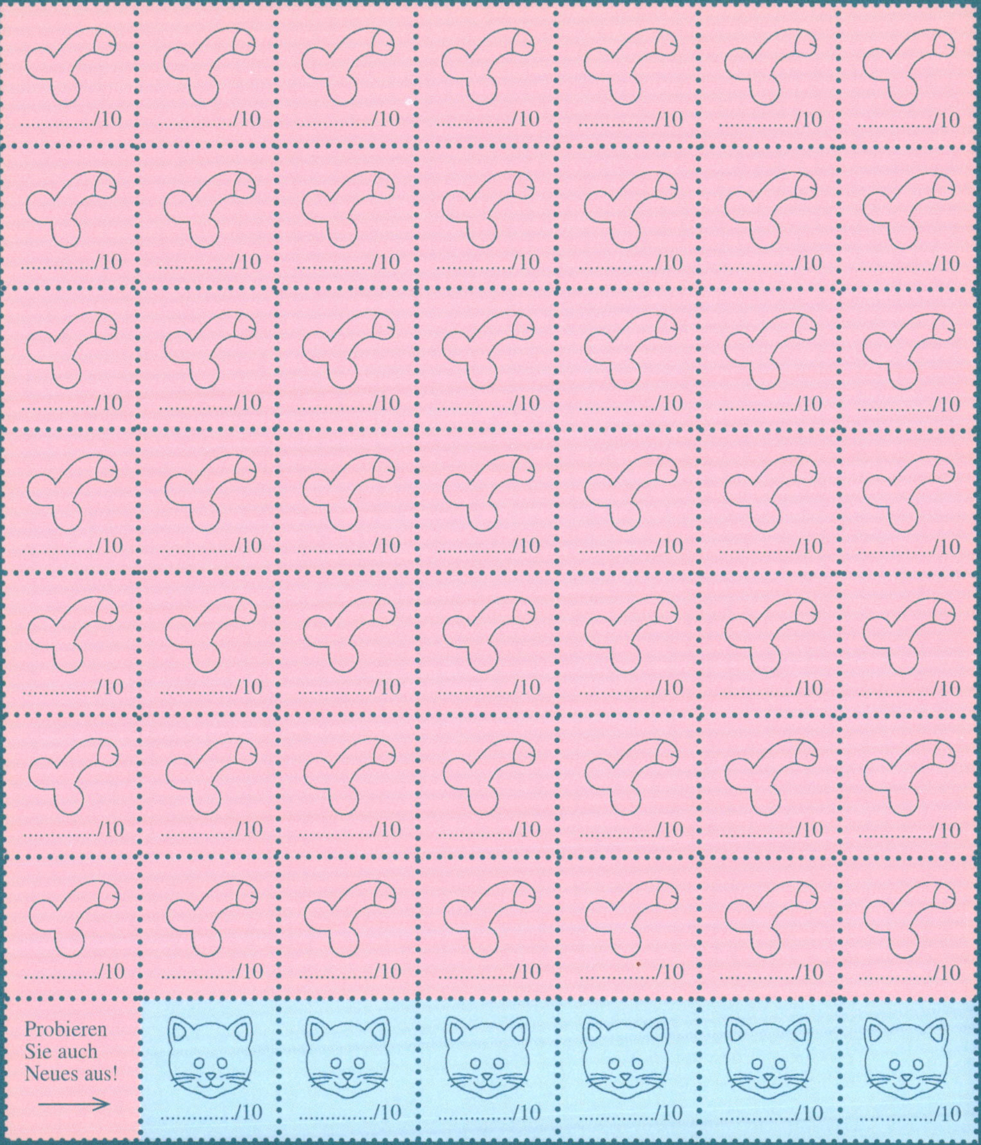

In nicht allzu ferner Zukunft wird von Ihnen erwartet, eine stabile monogame Paarbeziehung zum Zwecke der Fortpflanzung und Familiengründung einzugehen. Ihr biologischer Imperativ in diesem Lebensjahr lautet daher: Kopulieren Sie jetzt noch mit so vielen Menschen, wie Sie können, wo Sie können und auf welche Weise Sie nur können. Bewerten Sie Ihre Erlebnisse im u. a. Schaubild. Die Telefonnummern der bestbewerteten Sexualpartner sollten Sie sicher verwahren. Sie könnten Ihnen im Alter von 27 noch mal dienlich werden.

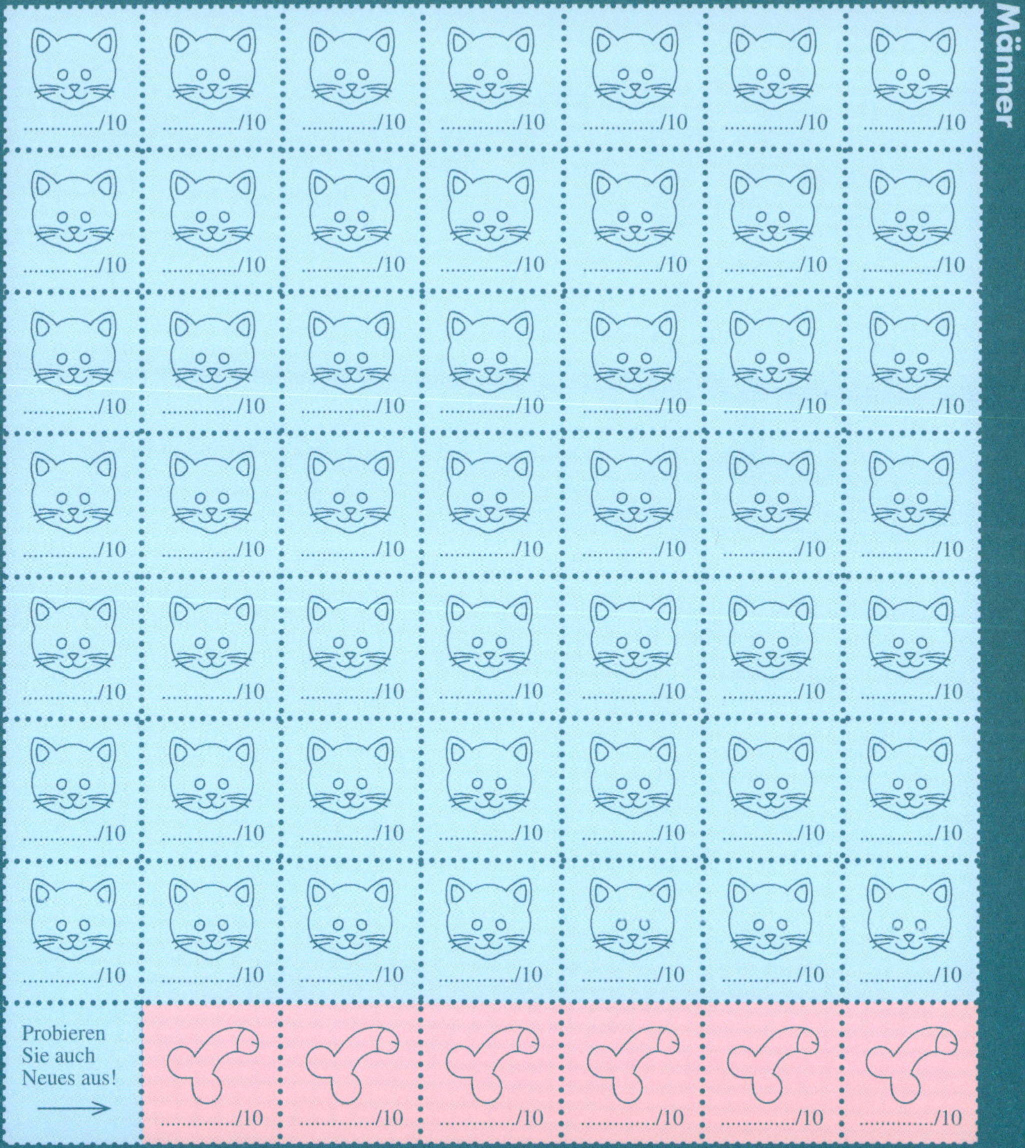

24: VERPLEMPERN SIE EIN GANZES JAHR!

Tag 1: Spitzen Sie all Ihre Bleistifte!
Tag 2: Räumen Sie Ihr Schlafzimmer auf!
Tag 3: Spielen Sie ausgiebig Luftgitarre!
Tag 4: Malen Sie ein Selbstporträt!
Tag 5: Lauschen Sie dem Wind!
Tag 6: Pflücken Sie einen Strauß Blumen!
Tag 7: Wechseln Sie Ihre Schnürsenkel aus!
Tag 8: Ersetzen Sie durchgebrannte Glühbirnen!
Tag 9: Kehren Sie mal wieder den Kamin!
Tag 10: Jäten Sie Unkraut!
Tag 11: Mähen Sie den Rasen!
Tag 12: Spionieren Sie Ihre Nachbarn aus!
Tag 13: Schauen Sie aus dem Fenster!
Tag 14: Drücken Sie Ihre Pickel aus!
Tag 15: Cremen Sie sich die Kniekehlen ein!
Tag 16: Gießen Sie die Blumen!
Tag 17: Streicheln Sie streunende Katzen!
Tag 18: Kochen Sie Marmelade!
Tag 19: Backen Sie mal wieder selbst Brot!
Tag 20: Lüften Sie Ihre Matratze!
Tag 21: Lesen Sie Ihr Lieblingsbuch noch einmal!
Tag 22: Fegen Sie den Boden!
Tag 23: Räumen Sie den Keller auf!
Tag 24: Bügeln Sie Ihre Küchentücher!
Tag 25: Konfigurieren Sie Ihren Computer neu!
Tag 26: Bohren Sie in der Nase!
Tag 27: Verbessern Sie Ihre Kopfstandtechnik!
Tag 28: Putzen Sie sich die Ohren!
Tag 29: Ordnen Sie Ihren Kühlschrank neu ein!
Tag 30: Machen Sie Papierstapel!
Tag 31: Kratzen Sie sich da, wo's juckt!
Tag 32: Wählen Sie Ihre Outfits für eine Woche!
Tag 33: Planen Sie Ihre hypothetische Hochzeit!
Tag 34: Üben Sie eine neue Unterschrift ein!
Tag 35: Dichten Sie einen unanständigen Limerick!
Tag 36: Gähnen Sie herzhaft!
Tag 37: Gehen Sie auf die Toilette!
Tag 38: Feilen Sie sich die Fingernägel!
Tag 39: Probieren Sie mal Zahnseide aus!
Tag 40: Zappen Sie 24 Stunden lang ohne Pause!
Tag 41: Prüfen Sie sich auf Mundgeruch!
Tag 42: Checken Sie Ihre verpassten Anrufe!
Tag 43: Knacken Sie mit den Fingerknöcheln!
Tag 44: Surfen Sie im Internet!
Tag 45: Bügeln Sie Ihre Unterwäsche!
Tag 46: Sehen Sie fern – den ganzen Tag!
Tag 47: Spielen Sie Solitaire!
Tag 48: Drehen Sie Däumchen!
Tag 49: Waschen Sie sich die Haare!
Tag 50: Stellen Sie Ihre Möbel um!
Tag 51: Putzen Sie den Herd!
Tag 52: Checken Sie Ihre E-Mails!
Tag 53: Aktualisieren Sie Ihr Adressbuch!
Tag 54: Tagträumen Sie!
Tag 55: Denken Sie sich einen Roman aus!
Tag 56: Basteln Sie ein Rennauto aus einem Karton!
Tag 57: Summen Sie Ohrwürmer!
Tag 58: Rufen Sie irgendjemanden an!
Tag 59: Duschen Sie lange und heiß!
Tag 60: Baden Sie lange und heiß!
Tag 61: Kostümieren Sie sich!
Tag 62: Spielen Sie Videospiele!
Tag 63: Sehen Sie den ganzen Tag Teleshopping!
Tag 64: Malen Sie Ihre zukünftigen Kinder!
Tag 65: Bauen Sie aus Streichhölzern ein Schloss!
Tag 66: Installieren Sie ein altes Windows!
Tag 67: Suchen Sie im Internet nach Freunden!
Tag 68: Lernen Sie unnützes Wissen auswendig!
Tag 69: Lassen Sie irgendetwas schmelzen!
Tag 70: Rufen Sie Ihre Großeltern an!
Tag 71: Gehen Sie joggen!
Tag 72: Essen Sie zwischen den Hauptmahlzeiten!
Tag 73: Kaufen Sie Weihnachtsgeschenke!
Tag 74: Rubbeln Sie ein Bierflaschenetikett ab!
Tag 75: Sehen Sie zu, wie die Zeit vergeht!
Tag 76: Rauchen Sie eine Zigarette!
Tag 77: Entrümpeln Sie Ihre Handtasche!
Tag 78: Erfinden Sie ein neues Schimpfwort!
Tag 79: Kritzeln Sie vor sich hin!
Tag 80: Saugen Sie unter Ihrem Bett Staub!
Tag 81: Kochen Sie jemandem einen Tee!
Tag 82: Diskutieren Sie mit einem Fremden!
Tag 83: Babysitten Sie sich selbst!
Tag 84: Spielen Sie »Ochs am Berg«!
Tag 85: Löschen Sie alle Daten Ihres Handys!
Tag 86: Reichen Sie Ihre Steuererklärung ein!
Tag 87: Reinigen Sie Ihre PC-Tastatur!
Tag 88: Starren Sie auf ein 3-D-Bild!
Tag 89: Frisieren Sie sich!
Tag 90: Chatten Sie im Internet!
Tag 91: Nehmen Sie eine Musik-Mix-Kassette auf!
Tag 92: Falten Sie Papierflieger!
Tag 93: Masturbieren Sie!
Tag 94: Posen Sie wie ein Playboy-Bunny!
Tag 95: Bringen Sie ein Kleinkind zum Fluchen!
Tag 96: Sagen Sie das Alphabet rückwärts auf!
Tag 97: Essen Sie so viele Kirschen wie möglich!
Tag 98: Kreieren Sie das ultimative Sandwich!
Tag 99: Sprechen Sie mit dem Postboten!
Tag 100: Sprechen Sie mit dem Milchmann!
Tag 101: Sprechen Sie mit dem Zeitungsjungen!
Tag 102: Sprechen Sie mit den Zeugen Jehovas!
Tag 103: Schreiben Sie all Ihre Helden auf!
Tag 104: Ändern Sie Ihren Handy-Klingelton!
Tag 105: Schreiben Sie Ihr Testament!
Tag 106: Schreiben Sie all Ihre Besitztümer auf!
Tag 107: Denken Sie an Ihren Lieblingspromi!
Tag 108: Bewerben Sie sich bei Günther Jauch!
Tag 109: Blättern Sie in Reisekatalogen!
Tag 110: Nähen Sie Knöpfe an Ihre Klamotten!
Tag 111: Spülen Sie Geschirr!
Tag 112: Putzen Sie die Fenster!
Tag 113: Erinnern Sie sich an Ihre Kindheit!
Tag 114: Zählen Sie Ihre Freunde!
Tag 115: Kullern Sie einen Hügel hinab!
Tag 116: Vermessen Sie Ihren Penis/Ihren Busen!
Tag 117: Wählen Sie Ihre Lieblingsfarbe!
Tag 118: Putzen Sie sich die Fingernägel!
Tag 119: Erfinden Sie ein neues Brettspiel!
Tag 120: Sortieren Sie Ihren Kleiderschrank!
Tag 121: Schmeißen Sie eingetrocknete Stifte weg!
Tag 122: Machen Sie Musik!
Tag 123: Sehen Sie sich Trickfilme an!
Tag 124: Lackieren Sie sich die Nägel!
Tag 125: Malen Sie ein Malbuch voll!
Tag 126: Pediküren Sie sich selbst!
Tag 127: Erfinden Sie einen neuen Tanzstil!
Tag 128: Zupfen Sie sich die Augenbrauen!
Tag 129: Rasieren Sie sich die Achseln!
Tag 130: Studieren Sie eine Landkarte!
Tag 131: Ordnen Sie Ihren Schreibtisch um!
Tag 132: Schneiden Sie sich die Zehnägel!
Tag 133: Machen Sie Telefonscherze!
Tag 134: Suchen Sie verlorene Socken!
Tag 135: Bauen Sie eine Ameisenfarm!
Tag 136: Schreiben Sie eine Filmkritik!
Tag 137: Schreiben Sie eine Kurzgeschichte!
Tag 138: Schreiben Sie an den Weihnachtsmann!
Tag 139: Halten Sie die Luft an!
Tag 140: Spielen Sie Fangen!
Tag 141: Spielen Sie neue Lieder auf Ihren iPod!
Tag 142: Blättern Sie durch ein Frauenmagazin!
Tag 143: Lauschen Sie anderen Leuten!
Tag 144: Bauen Sie ein Kartenhaus!
Tag 145: Machen Sie den Frühjahrsputz!
Tag 146: Erfinden Sie einen Witz!
Tag 147: Gehen Sie Eis essen!
Tag 148: Machen Sie ein Fischstäbchensandwich!
Tag 149: Lesen Sie Werbebroschüren!
Tag 150: Machen Sie Ihr Bett!
Tag 151: Füllen Sie einen Fragebogen aus!
Tag 152: Rufen Sie bei einem Callcenter an!
Tag 153: Waschen Sie Klamotten mit der Hand!
Tag 154: Saugen Sie Ihr Auto!
Tag 155: Räumen Sie die Garage auf!
Tag 156: Stellen Sie sich auf die Waage!
Tag 157: Ordnen Sie Ihre CDs nach Farben!
Tag 158: Ordnen Sie Ihre Gewürze!
Tag 159: Zählen Sie die Haare an Ihrem Körper!
Tag 160: Zählen Sie Ihre Sommersprossen!
Tag 161: Schreiben Sie irgendeine Liste!
Tag 162: Denken Sie nicht an Pinguine!
Tag 163: Googeln Sie sich!
Tag 164: Googeln Sie Ihre Eltern!
Tag 165: Googeln Sie Ihre Expartner!
Tag 166: Googeln Sie Ihre Freunde!
Tag 167: Googeln Sie Ihre Feinde!
Tag 168: Zerreißen Sie Ihre Kochrezepte!
Tag 169: Starren Sie fremde Leute an!
Tag 170: Sammeln Sie Fussel!
Tag 171: Bauen Sie einen Ball aus Gummiringen!
Tag 172: Schauen Sie Zügen nach!
Tag 173: Schauen Sie Flugzeugen nach!
Tag 174: Schauen Sie Toupets nach!
Tag 175: Lernen Sie Origami!
Tag 176: Öffnen und schließen Sie Ihre Augen!
Tag 177: Sagen Sie merkwürdig klingende Wörter!
Tag 178: Zupfen Sie sich die Augenbrauen!
Tag 179: Zupfen Sie sich die Schamhaare!
Tag 180: Zupfen Sie sich die Nasenhaare!
Tag 181: Füttern Sie Tauben!
Tag 182: Jagen Sie eine Kakerlake!
Tag 183: Reden Sie mit Ihrem Haustier!

Mit 24 stehen Sie am Scheitelpunkt des wahren Lebens – vor Ihnen liegt der anstrengende Weg durch Job und Karriere, Selbstständigkeit und Familie. Nutzen Sie ein allerletztes Mal die Gelegenheit, und hängen Sie sinnlos herum, stehen Sie spät auf, laufen Sie den ganzen Tag im Schlafanzug durch die Wohnung ... Tun Sie es einfach – und Sie werden Tag um Tag ein ganzes Jahr vergeuden!

Tag 184: Machen Sie Yoga!
Tag 185: Wünschen Sie sich woandershin!
Tag 186: Drehen Sie Ihre Augenlider auf links!
Tag 187: Üben Sie einen Partytrick ein!
Tag 188: Knutschen Sie mit Ihrem Spiegelbild!
Tag 189: Lesen Sie ein Wörterbuch!
Tag 190: Glotzen Sie ins Leere!
Tag 191: Bezahlen Sie Ihre Rechnungen!
Tag 192: Winken Sie fremden Leuten zu!
Tag 193: Schreiben Sie schlechte Werbetexte um!
Tag 194: Schreiben Sie schlechte Träume um!
Tag 195: Trommeln Sie auf einer Keksdose!
Tag 196: Bemalen Sie Ihre Unterwäsche!
Tag 197: Zeichnen Sie eine Tattoovorlage!
Tag 198: Malen Sie sich einen Lottogewinn aus!
Tag 199: Rufen Sie Mama an!
Tag 200: Weinen Sie über alte Fehler!
Tag 201: Kauen Sie auf den Fingernägeln!
Tag 202: Erfinden Sie einen neuen Blondinenwitz!
Tag 203: Spielen Sie »Vier gewinnt«!
Tag 204: Legen Sie sich ein Tarot!
Tag 205: Lösen Sie Sudokus!
Tag 206: Üben Sie, Kaugummiblasen zu blasen!
Tag 207: Schälen Sie Trauben!
Tag 208: Legen Sie Ihre Bettdecke zusammen!
Tag 209: Zählen Sie von 1 bis unendlich!
Tag 210: Rufen Sie Leute mit lustigen Namen an!
Tag 211: Kaufen Sie sich einen Zauberwürfel!
Tag 212: Rufen Sie eine Kundenhotline an!
Tag 213: Kippeln Sie mit dem Stuhl!
Tag 214: Üben Sie Telekinese!
Tag 215: Zählen Sie mit der Zunge Ihre Zähne!
Tag 216: Planen Sie Ihr Leben von 0 bis 100!
Tag 217: Kratzen Sie sich am Kopf!
Tag 218: Versenden Sie »witzige« E-Mails!
Tag 219: Simulieren Sie einen Schluckauf!
Tag 220: Zählen Sie Ihren Büroklammer-Vorrat!
Tag 221: Fotografieren Sie eine Spinne!
Tag 222: Zählen Sie die Sekunden!
Tag 223: Lesen Sie das Horoskop anderer Leute!
Tag 224: Pfeifen Sie eine ganze Sinfonie!
Tag 225: Schreiben Sie einen berühmten Roman um!
Tag 226: Katalogisieren Sie Ihre Wünsche!
Tag 227: Stellen Sie sich an!
Tag 228: Räumen Sie Supermarktsregale um!
Tag 229: Prägen Sie sich diese Liste ein!
Tag 230: Schreiben Sie dem Papst einen Brief!
Tag 231: Klingeln Sie bei wildfremden Menschen!
Tag 232: Beten Sie zu einem neuen Gott!
Tag 233: Erfinden Sie einen neuen Kosenamen!
Tag 234: Listen Sie Ihre Bekanntschaften auf!
Tag 235: Stellen Sie sich eine bohrende Frage!
Tag 236: Kitzeln Sie sich im Bauchnabel!
Tag 237: Zählen Sie die Risse in der Zimmerdecke!
Tag 238: Führen Sie ein Selbstgespräch!
Tag 239: Lesen Sie eine Bedienungsanleitung!
Tag 240: Verdauen Sie ganz bewusst!
Tag 241: Füttern Sie die Katze!
Tag 242: Füttern Sie die Tauben!
Tag 243: Füttern Sie Enten!
Tag 244: Füttern Sie eine Würgeschlange!
Tag 245: Suchen Sie Ihre Straße im Atlas!
Tag 246: Sehen Sie die Fernsehnachrichten!
Tag 247: Verfolgen Sie die Börsenkurse!
Tag 248: Werfen Sie eine Pizza vom Balkon!
Tag 249: Zersägen Sie einen Golfball!
Tag 250: Stellen Sie eine Mausefalle auf!
Tag 251: Betrinken Sie sich!
Tag 252: Reinigen Sie Ihre CDs!
Tag 253: Schmeißen Sie Ihre Fotoalben weg!
Tag 254: Stellen Sie Mayonnaise her!
Tag 255: Suchen Sie das Ende vom Internet!
Tag 256: Klettern Sie auf einen Baum!
Tag 257: Bewerten Sie Ihre Expartner!
Tag 258: Lehren Sie Ihren Papagei einen Fluch!
Tag 259: Bleiben Sie im Bett!
Tag 260: Malen Sie einen Bart auf Ihr Passfoto!
Tag 261: Schreiben Sie ein schreckliches Gedicht!
Tag 262: Sortieren Sie alte Socken aus!
Tag 263: Sehen Sie Ihrem Haar beim Wachsen zu!
Tag 264: Starren Sie auf Ihren Bauchnabel!
Tag 265: Verfolgen Sie eine Wolke!
Tag 266: Rüsten Sie Ihr Fahrzeug auf!
Tag 267: Verstellen Sie alle Ihre Uhren!
Tag 268: Machen Sie eine Skulptur aus Butter!
Tag 269: Putzen Sie sich die Augäpfel!
Tag 270: Würfeln Sie!
Tag 271: Nehmen Sie Drogen!
Tag 272: Kalibrieren Sie Ihre Eieruhr!
Tag 273: Wechseln Sie den Kopfkissenbezug!
Tag 274: Stocken Sie Ihren Lesezeichenvorrat auf!
Tag 275: Widmen Sie sich Ihrem Stammbaum!
Tag 276: Gehen Sie spazieren!
Tag 277: Essen Sie mit Genuss ein Cornflake!
Tag 278: Sammeln Sie nur heute Briefmarken!
Tag 279: Kauen Sie jeden Bissen zehn Mal!
Tag 280: Eröffnen Sie einen Blog!
Tag 281: Spielen Sie Schach gegen sich selbst!
Tag 282: Schreiben Sie mit unsichtbarer Tinte!
Tag 283: Lernen Sie π!
Tag 284: Arrangieren Sie Blumen!
Tag 285: Bügeln Sie Ihre T-Shirts!
Tag 286: Messen Sie Ihren Puls!
Tag 287: Archivieren Sie Ihre E-Mails!
Tag 288: Kitten Sie Risse in Bürgersteigen!
Tag 289: Vertauschen Sie Ihre Schuhe!
Tag 290: Erschrecken Sie eine Fliege!
Tag 291: Klatschen Sie mit den Füßen!
Tag 292: Besprechen Sie Ihren AB neu!
Tag 293: Legen Sie eine Gummischlange ins Klo!
Tag 294: Legen Sie sich auf die Lauer nach UFOs!
Tag 295: Lesen Sie ein Buch verkehrt herum!
Tag 296: Tauen Sie Ihren Gefrierschrank ab!
Tag 297: Entkalken Sie den Wasserkocher!
Tag 298: Defragmentieren Sie Ihre Festplatte!
Tag 299: Lassen Sie Toast anbrennen!
Tag 300: Gehen Sie ins Fitnessstudio!
Tag 301: Machen Sie Besorgungen!
Tag 302: Riechen Sie am Kaffee!
Tag 303: Stellen Sie Gott eine unverblümte Frage!
Tag 304: Lösen Sie ein Kreuzworträtsel!
Tag 305: Sprechen Sie die Radiowerbung mit!
Tag 306: Lernen Sie Morsen!
Tag 307: Kämmen Sie Ihren Teppichboden!
Tag 308: Schlafen Sie aus!
Tag 309: Verschlafen Sie!
Tag 310: Laufen Sie einer Ameisenkolonne nach!
Tag 311: Lauschen Sie der Fahrstuhlmusik!
Tag 312: Rufen Sie eine Telefonzelle an!
Tag 313: Lernen Sie Wechselkurse auswendig!
Tag 314: Sägen Sie Zahnstocher auseinander!
Tag 315: Zählen Sie die Sekunden des Tages mit!
Tag 316: Spielen Sie Verstecken!
Tag 317: Flirten Sie telepathisch mit jemandem!
Tag 318: Planen Sie den perfekten Mord!
Tag 319: Vergleichen Sie Softdrinks!
Tag 320: Stapeln Sie Zuckerwürfel!
Tag 321: Geben Sie sich als Verbrecher aus!
Tag 322: Erklären Sie sich der Polizei!
Tag 323: Schneiden Sie die Geranien zurück!
Tag 324: Begehren Sie auf!
Tag 325: Lesen Sie einen halben Krimi!
Tag 326: Kneifen Sie sich!
Tag 327: Spielen Sie an Ihren Brustwarzen herum!
Tag 328: Ärgern Sie sich, bis Sie weinen müssen!
Tag 329: Schneiden Sie Gutscheine aus!
Tag 330: Rasieren Sie sich die Beine!
Tag 331: Fegen Sie das Laub zusammen!
Tag 332: House-sitten Sie Ihre eigene Wohnung!
Tag 333: Fangen Sie mit der Zunge Regentropfen!
Tag 334: Machen Sie Pudding mit zu vielen Eiern!
Tag 335: Lesen Sie Ihre alten Liebesbriefe!
Tag 336: Machen Sie einen Schaufensterbummel!
Tag 337: Bringen Sie den Müll raus!
Tag 338: Fegen Sie Spinnweben weg!
Tag 339: Klopfen Sie ein Schnitzel weich!
Tag 340: Warten Sie auf eine Sternschnuppe!
Tag 341: Verwenden Sie verschiedene Parfüms!
Tag 342: Machen Sie Popcorn!
Tag 343: Lungern Sie herum!
Tag 344: Fluchen Sie in einer Fremdsprache!
Tag 345: Kläffen Sie Hunde an!
Tag 346: Erfinden Sie neue Sternbilder!
Tag 347: Suchen Sie die Welt hinter dem Spiegel!
Tag 348: Topfen Sie eine Pflanze um!
Tag 349: Bringen Sie einen Hund zum Lachen!
Tag 350: Versuchen Sie, den Mond zu berühren!
Tag 351: Lesen Sie ein Kochbuch!
Tag 352: Verkaufen Sie selbstgemachte Limonade!
Tag 353: Entwerfen Sie einen Schlachtplan!
Tag 354: Sezieren Sie ein Chicken Nugget!
Tag 355: Rufen Sie die Zeitansage an!
Tag 356: Bürsten Sie sich die Augenbrauen!
Tag 357: Ändern Sie Ihre Lieblingsfarbe!
Tag 358: Suchen Sie sich eine Glückszahl aus!
Tag 359: Gehen Sie mit dem Hund Gassi!
Tag 360: Gehen Sie mit der Katze Gassi!
Tag 361: Notieren Sie Ihre Kalorienzufuhr!
Tag 362: Schütteln Sie die Kissen auf!
Tag 363: Schreiben Sie sich selbst einen Brief!
Tag 364: Wienern Sie Ihre Schuhe!
Tag 365: Sprechen Sie nur mit 24-Jährigen!
JETZT ABER DALLI: WEITER LEBEN!

25: DIE QUARTERLIFE-CRISIS

Alexander der Große

(356–323 v. Chr.)

hatte mit 25 schon große Teile Kleinasiens erobert und Alexandria gegründet.

Kontinente, die Sie erobert haben:

....

....

....

....

....

Mozart

(1756–1791)

hatte mit 25 schon an den meisten europäischen Höfen gastiert und mehrere Opern komponiert.

Ihre wichtigsten Kompositionen:

....

....

....

....

....

Einstein soll mal gesagt haben, dass man mit 25 alles im Leben erreicht hat, was man je erreichen wird. Und es ist ja auch wirklich schon ein Viertel Ihres Lebens vorüber! Was haben Sie erreicht? Vergleichen Sie Ihre Lebensleistung mit denen der unten genannten 25-Jährigen!

Bill Gates

(*1955)

hatte mit 25 Microsoft gegründet.

Milliardenschwere Konzern-giganten, die Sie gegründet haben:

....

....

....

Jungfrau von Orléans

(1412–1431)

hatte mit 25 die Engländer vertrieben, mit Gott gesprochen und auf einem Scheiterhaufen gebrannt.

Staaten, in denen Sie als Volksheld gelten:

....

....

....

....

26: FÜR ANDERE ARBEITEN

Mustervertrag

Hiermit erkläre ich, ...,
DER ANGESTELLTE
mich dazu bereit, in den nächsten vierzig Jahren meines Lebens mindestens acht Stunden am Tag (außer an Wochenenden und vielleicht im Urlaub, wenn's geht) einem oder mehreren Unternehmen zu opfern, dem bzw. denen es freisteht, mich weiterzubeschäftigen oder nach Belieben zu kündigen. Im Gegenzug erhalte ich ein Entgelt, mit dem ich meine monatlichen Rechnungen begleichen kann, eine mickrige Rente, von der ich im Alter kaum leben kann, und die Gewissheit, dem bzw. den o. g. Unternehmen zur Wertschöpfung, -erhaltung und Gewinnmaximierung gedient zu haben.

Datum und Unterschrift:

....
DER ANGESTELLTE

....
DER ANDERE

Die fetten Jahre sind vorbei! Jetzt, im Alter von 26, ist es für Sie an der Zeit, sich einen Job zu suchen. Jobs gibt es in sehr unterschiedlichen Ausprägungen, aber 99% davon haben eines gemeinsam: Sie werden arbeiten, und jemand anderes wird dadurch reich. Gewöhnen Sie sich schon mal daran.

27: DIE LIEBE IHRES LEBENS

1. Schlägt Ihr Herz bei seinem/ihrem Anblick
2. Kriegen Sie weiche Knie, wenn er/sie Sie
3. In seinen/ihren Augen sehen Sie die
4. Fühlt sich für Sie selbst eine kurze räumliche
5. Zittert Ihre Unterlippe, wenn Sie sehen, wie
6. Wünschen Sie sich, dass eine Umarmung
7. Ist er/sie in Ihrer Vorstellung immerzu allein
8. Fühlen Sie sich in einer Zeitschleife, wenn
9. Könnten Sie glatt den ganzen Tag an seiner/
10. Würden Sie lieber tausend Tode sterben,
11. Beten Sie den Boden unter seinen/ihren
12. Sind Sie ihm/ihr überhaupt schon vorgestellt

Wenn Sie neun Mal oder noch häufiger Ja angekreuzt haben, sieht es ganz so aus, als hätten Sie die Liebe Ihres Lebens gefunden. Glückwunsch – und husch, husch, ab unter die Haube!

Inzwischen haben Sie sich hoffentlich die Hörner abgestoßen und sehnen sich bereits nach einer schönen, soliden Partnerschaft. Hier ist ein Test, mit dem Sie herausfinden, ob es sich bei Ihrem/Ihrer Angebeteten um die große Liebe handelt oder doch nur um ein Versehen.

	Ja (ankreuzen)	Nein (ankreuzen)
schneller?		
berührt?		
Unendlichkeit?		
Trennung von ihm/ihr an wie Folter?		
er/sie mit jemand anderem spricht?		
mit ihm/ihr nie zu Ende geht?		
… also GANZ allein?		
Sie ihn/sie betrachten?		
ihrer Haut schnuppern?		
als ohne ihn/sie zu leben?		
Füßen an?		
worden?		

Haben Sie jedoch neun oder noch mehr Male Nein angekreuzt, sollten Sie weiter Ausschau halten (mindestens bis 37) und Ihre Ansprüche überdenken.

28: DER BUND FÜRS LEBEN

Klassisch Ja-Sagen	Zeitgemäß Ja-Sagen
Ich nehme Dich zu meinem rechtmäßig angetrauten Ehepartner	Probieren wir's doch mal miteinander.
für heute und alle Tage	zwei Jahre auf Probe
in guten wie in schlechten Tagen	nur für gute Zeiten
in Reichtum und Armut	in Reichtum oder zumindest komfortablen Einkommensverhältnissen

Mit 28 haben Sie das optimale heiratsfähige Alter erreicht. Allerdings hat sich das Konstrukt Ehe über die Jahre ein wenig verändert; das Eheversprechen, das Ihre Eltern sich möglicherweise gegeben haben, ist heute mitnichten mehr zeitgemäß. Basteln Sie sich aus den u. g. Bausteinen Ihr eigenes Ehegelübde. Warnen Sie jedoch zur Sicherheit vor der Zeremonie den Geistlichen, der Sie trauen wird, vor.

Klassisch Ja-Sagen	Zeitgemäß Ja-Sagen
in Gesundheit und Krankheit	in Gesundheit und Krankheit (ausgenommen Hypochondrie)
Dich zu lieben und zu ehren	mit Dir über beknackte Kleinigkeiten zu streiten
bis der Tod uns scheidet	bis wir beide so senil sind, dass wir uns nicht wiedererkennen
Ja, ich will.	Toi, toi, toi!

29:
DIE ERSTE HYPOTHEK!

Ungefähres Einkommen: 2 000 000 €
Sie dürfen von einem herrschaftlichen Anwesen mit Privatstrand und Helikopterlandeplatz träumen.

Ungefähres Einkommen: 1 000 000 €
Reicht für eine Eigentumswohnung an der Fifth Avenue.

Ungefähres Einkommen: 200 000 €
Träumen Sie von einem Häuschen im Grünen!

Ungefähres Einkommen: 50 000 €
Ihr Ziel: die Doppelhaushälfte!

Endlich unter der Haube! Da fehlt eigentlich nur noch: das adäquate Dach über dem Kopf. Die eigenen vier Wände stellen nur oberflächlich betrachtet ein Problem dar, denn in der Realität geht es nicht um juristische Stolpersteine und den richtigen Makler, sondern um Ihr Jahreseinkommen. Die u. a. Liste erleichtert Ihnen die Entscheidung für das geeignete Domizil.

Ungefähres Einkommen: 20 000 €
Ihre Zukunft liegt im Plattenbau!

Ungefähres Einkommen: 10 000 €
Vermutlich eher in einer Assi-Gegend ...

Ungefähres Einkommen: 5 000 €
Ein kaputter Wohnwagen oder Bauwagen.

Ungefähres Einkommen: 0 €
Ein Pappkarton tut's auch.

die 3

0er

30:
SEID FRUCHTBAR, UND MEHRET EUCH!

Dreißig sorgenfreie Jahre liegen hinter Ihnen. Jetzt ist es an der Zeit, dem Primärzweck Ihrer Existenz auf Erden nachzugehen und sich fortzupflanzen. In nur sieben Schritten gelangen Sie ans Ziel!

1. Den Sieg fest im Blick

Die Empfängnis ist eine heikle Angelegenheit. Der weibliche Zyklus, Ernährungsgewohnheiten, die Zeugungsfähigkeit und viele weitere Dinge spielen dabei eine entscheidende Rolle. Der Schlüssel zum Erfolg ist jedoch – Motivation! Suchen Sie sich ein einzelnes Spermium aus, konzentrieren Sie sich einzig und allein darauf, visualisieren Sie es, und feuern Sie es an auf seinem hindernisreichen Weg hinauf in den Eileiter!

2. Der richtige Zeitpunkt

Planen Sie den Zeitpunkt der Geburt Ihres Nachwuchses mit Sorgfalt. Kinder, die in den Sommerferien oder in der Weihnachtszeit geboren werden, leiden ihr Leben lang darunter, nie eine anständige Geburtstagsparty ausrichten zu können. Das kann sich negativ auf das Selbstwertgefühl Ihres Kindes auswirken. Die besten Daten für die Zeugung sind der 8. Januar, der 21. Juli und der 17. September. Besonders schlecht ist übrigens der 26. Februar.

3. Auf Nummer sicher

Wenn Sie Schwierigkeiten bei der Empfängnis haben sollten, stellen Sie sicher, dass Sie alle förderlichen Möglichkeiten ausschöpfen – selbst althergebrachte, von denen man fälschlicherweise behauptet, sie beruhten auf Aberglauben, z. B. das unzerkaute Schlucken von in Fledermaussperma marinierten Krötenplazenten.

4. Was Hänschen nicht lernt ...

Lassen Sie Ihr Kind nicht einfach gelangweilt und faul im Fruchtwasser vor sich hinschmoren. Täglich drei Stunden Bauchbeschallung mit einem Latein-Audiokurs werden ihm bei der späteren Jobsuche zum Vorteil gereichen.

5. Heureka!

Man kann nie früh genug damit anfangen, seinem Spross ein bisschen Eigeninitiative beizubringen. Die erste Gelegenheit ist die Geburt. Warum lassen Sie ihn nicht allein seinen Weg finden? Bitten Sie die Hebamme, ein paar Schritte Abstand zu halten, und geben Sie so Ihrem Nachwuchs die Möglichkeit, ganz ohne fremde Hilfe das Licht der Welt zu erblicken. (Beim Durchtrennen der Nabelschnur sollten Sie ihm dann allerdings zur Hand gehen.)

6. Eine strahlende Zukunft

Der Schädel eines Neugeborenen ist bekanntermaßen noch weich und formbar. Nehmen Sie sich ein paar Minuten Zeit, und kneten Sie ihn zurecht. Ihr Kind wird es Ihnen danken! (Hinweis: Hohe Wangenknochen gelten bei beiderlei Geschlecht als attraktiv.)

7. Peinlicher Name

Kinder mit ungewöhnlichen Namen entwickeln eine höhere Durchsetzungsfähigkeit als Kinder mit Allerweltsnamen. Fördern Sie die Persönlichkeit Ihres Kindes, indem Sie ihm einen Namen geben, für den es später auf dem Spielplatz gehänselt wird. Für ein hässliches Mädchen bietet sich z. B. »Prinzessin« an, für einen kränklichen Buben »Rambo«.

Wiederholen Sie die Schritte 1 bis 7 für jedes einzelne Kind. Derzeit liegt die Zahl der Kinder, bei der das Sozialamt hellhörig wird, bei neun. Bereits ab sechs Kindern wird Ihnen die Angehörigkeit zur Mittelschicht aberkannt.

31: MENS SANA IN CORPORE SANO

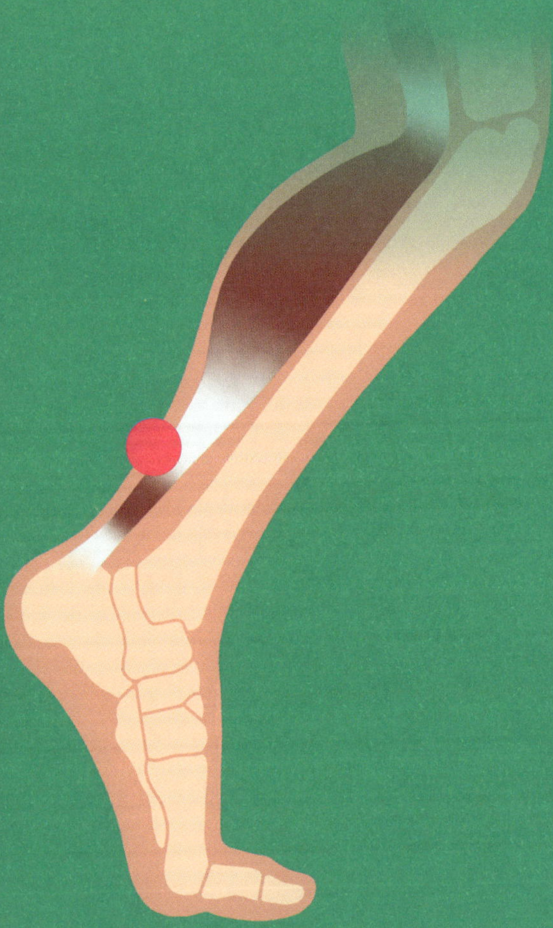

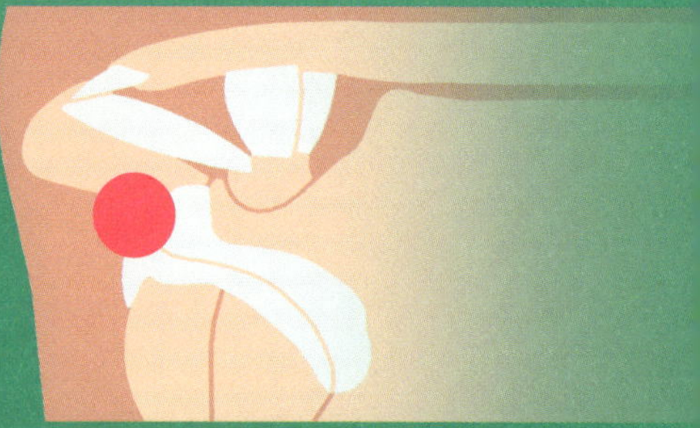

Luxation der Schulter

Infolge einer Überstreckung oder extremen Drehbewegung kann es zu unvollständigem oder vollständigem Kontaktverlust der Knochenenden im Schultergelenk kommen, wobei der Oberarmknochenkopf aus der Gelenkpfanne des Schulterblatts springt. Dabei entstehen mitunter Nerven- und Gefäßschäden. Nur eine Röntgenaufnahme kann die Schulterluxation zweifelsfrei nachweisen. Das Gelenk muss repositioniert und ruhiggestellt werden.

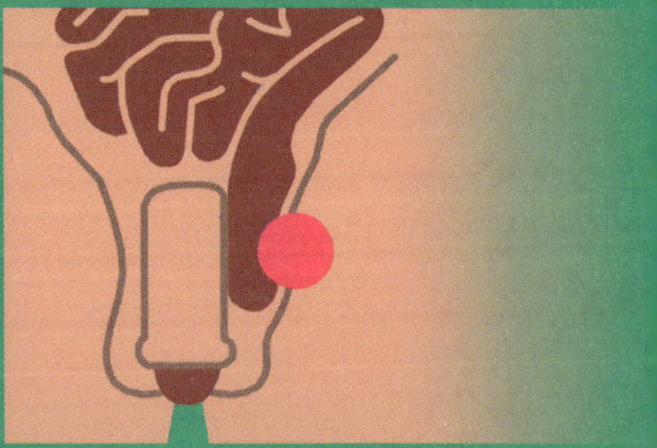

Entzündung der Achillessehne

Die Achillessehne verbindet das Fersenbein mit dem dreiköpfigen Wadenmuskel. Bei dauerhafter, starker Belastung oder bei Degeneration der kollagenen Fasern kann sie sich entzünden. Kühlen Sie die Ferse, und tapen Sie sie, um die Sehne zu entlasten. Alternativ oder begleitend kann auch Glukosamin verabreicht werden.

Leistenbruch

Eingeweidebruch im Bereich des Leistenkanals, meist infolge von Schwerstarbeit. Ein fester Verband, der das Vordringen von Organen des Bauchraums durch das Loch in der Gewebedecke verhindert, kann einen operativen Eingriff allerdings nicht ersetzen. Schlimmstenfalls kann es zu Gewebsnekrose oder Peritonitis kommen.

Anfang dreißig tritt Ihr Körper in eine kritische Phase ein: Setzen Sie jetzt alles daran, Ihre Jugend noch um ein paar Jahre zu verlängern, indem Sie exzessiv Sport treiben. Dabei werden Sie sich garantiert wehtun. Lesen Sie daher bitte aufmerksam die folgende Auflistung von Verletzungen und den entsprechenden Behandlungsmöglichkeiten.

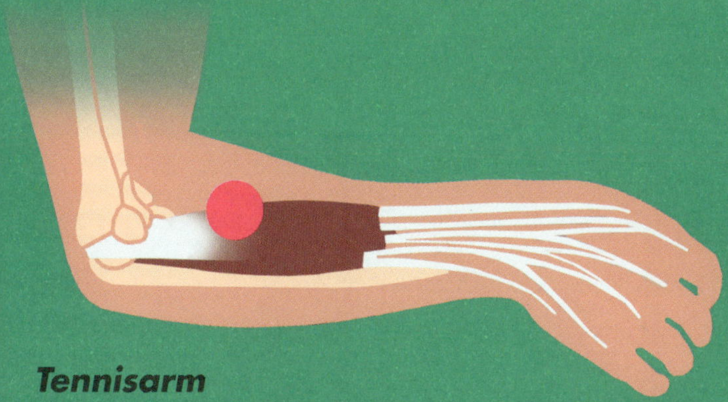

Tennisarm

Wiederholte Bewegungen ohne vorhergehendes Aufwärmen und Stretching kann zu schmerzhaften Einrissen in den Sehnenansätzen im Ellbogen (»Tennisarm«) oder in anderen Gelenken führen, mitunter begleitet von Verkalkungen der Gelenkfortsätze. Die Therapiemethoden reichen von Ruhigstellung über die Verabreichung von Kortison bis hin zur Operation unter Vollnarkose.

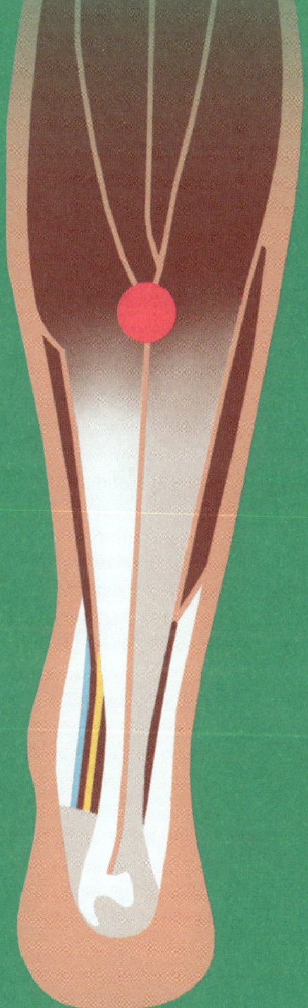

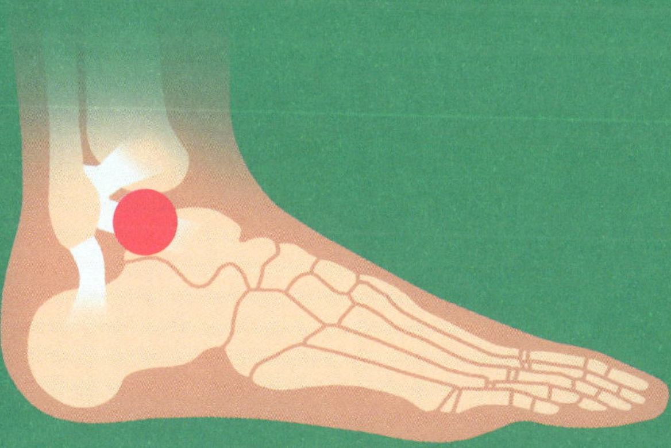

Verstauchung

Am häufigsten tritt sie infolge starker Überdehnung im Sprunggelenk auf und ist eine Verletzung des Außenbandkomplexes mit seinen drei Anteilen Ligamentum fibulotalare anterius (FTA), Ligamentum fibulotalare posterius (FTP) und (seltener) Ligamentum fibulocalcaneare (FCA). Die Behandlung erfolgt nach der PECH-Regel (Pause, Eis, Compression, Hochlagern), oftmals ergänzt durch Physiotherapie.

Muskelkrämpfe

Krämpfe als Folge von zu starkem Training sind in aller Regel nicht-pathologisch und vorübergehend und werden durch sanftes Stretching und Massieren der betroffenen Muskelpartie gelindert. Starke Krämpfe können jedoch zu Verletzungen im Muskelgewebe führen. In diesem Fall führt eine Massage des Muskels womöglich zur Verschlimmerung der Verletzungen.

32: WERDEN SIE EIN WORKAHOLIC!

Folgen Sie dem 12-Monats-Plan!

Monat 1

Seien Sie der Erste, der morgens ins Büro kommt, und der Letzte, der abends geht!

Monat 2

Stellen Sie sicher, dass sie »im Notfall« auch von zu Hause Ihre E-Mails empfangen und beantworten können!

Monat 3

Informieren Sie Ihren Vorgesetzten darüber, dass Sie noch Kapazitäten frei haben.

Monat 4

Machen Sie wahlweise Samstag oder Sonntag zu einem Heimarbeitstag!

Monat 5

Entwickeln Sie eine Hassliebe zu Ihrem Büro-Snack-Automaten!

Monat 6

Seien Sie mit dem Nachtportier auf Du!

So langsam sollte Ihr Arbeitsleben die Oberhand über Ihr Privatleben gewinnen. Vielen fällt dieser Übergang schwer; durchlaufen Sie ihn in wohldefinierten Phasen!

Monat 7

Stellen Sie sich eine Mikrowelle ins Büro!

Monat 8

Überlassen Sie Ihren Jahresurlaub weniger wichtigen Kollegen!

Monat 9

Entwickeln Sie ein Magengeschwür, und geben Sie damit an!

Monat 10

Deponieren Sie eine Zweitzahnbürste auf der Bürotoilette!

Monat 11

Verbringen Sie die Nacht im Büro! Erzählen Sie Ihrem Partner einfach, Sie hätten eine Affäre.

Monat 12

Ändern Sie Ihre Anschrift, und ziehen Sie im Büro ein!

33: DAS IDEAL HEISST: KERNFAMILIE

Die Familie ist die Keimzelle einer stabilen und gesunden Gesellschaft. Auch Sie sollten dazu beitragen und mit 33 verheiratet sein und ein, zwei Kinder haben (optimalerweise sogar 2,1, um dem Bevölkerungsrückgang entgegenzuwirken). Feiern und preisen Sie die Kernfamilie, indem Sie noch enger zusammenrücken! Verschmelzen Sie operativ miteinander!

Wir, die Familie ....,

wollen unserem Glück als Kernfamilie sichtbar Ausdruck verleihen, indem wir uns einer operativen Verbindung (auch »Siamesation« genannt) unterziehen.

Datum, Unterschrift:

1. Kernpapa: ....
2. Kernmama: ....
3. Kernkind 1: ....
4. Kernkind 2: ....
5. Kernkind 0,1: ....

1
2
3
5
4

34: DER EIGENE BESTSELLER

Sie sieht überhaupt nicht aus wie 18, dachte Papst Johannes Paul III., als er sich das letzte Viagra in den Mund warf.

Imperator Zorg kaute genüsslich auf dem Menschlein herum und fühlte sich wohlig an die Hühnchenkasserolle erinnert, die auf seinem Planeten zu den Nationalgerichten zählte.

Scheich Abdullah war fest davon überzeugt, dass seine vierte Frau die ersten drei ermordet hatte, obgleich er das nicht beweisen konnte – noch nicht.

Kapitän Polizzio dachte über seine Verteidigungsstrategie nach. Nirgends in dem 747-Handbuch war ausdrücklich vor einem Looping gewarnt worden.

Eine der besten Möglichkeiten, noch vor dem 40. Geburtstag stinkreich und weltberühmt zu werden, ist ein Überraschungsbestseller. Alles, was man dazu benötigt, sind Stift, Papier, ein Wörterbuch und eine brillante Idee. Um in die Gänge zu kommen, wählen Sie einfach einen der folgenden Romananfänge.

Meine Mutter konnte mir nie sagen, wann genau ich zur Welt gekommen war. Sie meinte, sie sei damals einfach zu besoffen gewesen.

Seit er aus der Zeitmaschine gekrochen war, plagten Professor Needleheim hämmernde Kopfschmerzen. Der Anblick zweier Pterodactylen, die sich kaum zehn Meter vor ihm aufbäumten, trug nicht gerade zur Linderung bei.

Nach sechsundsiebzig Jahren voller Versuche und Fehlschläge hatte Mildred es endlich geschafft:
Sie hatte ihre Jungfräulichkeit verloren.

Der Meteorit schlug um 5.58 Uhr ein und vernichtete alles irdische Leben.

35: VERFLIXT NOCH MAL!

Steve*

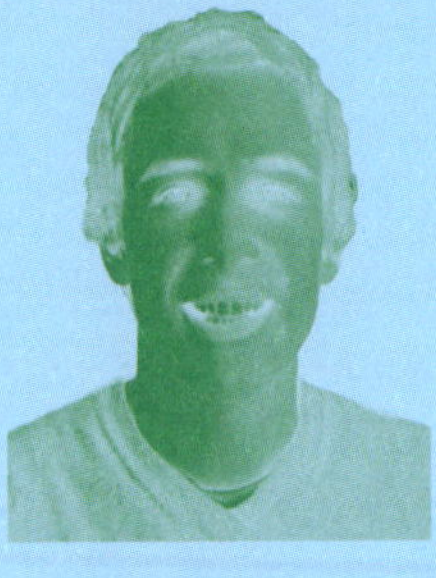

»Meine Frau Laura* und ich waren fast sieben Jahre verheiratet. Ja, ja, das verflixte siebte Jahr. Ich weiß auch nicht, wie es dazu kommen konnte, aber irgendwann fing ich was an mit ihrer Schwester Kathleen*. Wir hatten was getrunken, und dann führte eben eins zum anderen. Laura kam früher als erwartet vom Yoga zurück und erwischte uns in flagranti. Zuerst war sie einfach nur wütend, aber dann lachte sie und gestand, dass sie schon seit einiger Zeit mit meinem Bruder Jerry* schlief. Damit waren wir also quitt. Heute ist unsere Ehe stärker als je zuvor. Inzwischen können wir beide darüber lachen.«

Verflixtes 7. Jahr: ☑

Lucia*

»Scott* hat damals furchtbar viel gearbeitet. Er war ständig unterwegs – nicht dass ich das als Entschuldigung hernehmen wollte! Aber ich war nun mal einsam. Ich dachte noch: Das verflixte siebte Jahr kann das doch nicht sein – wir sind doch erst knapp sechs Jahre zusammen! Irgendein Nachbar hat Scott wohl erzählt, dass unser Gärtner, Ramon*, auffällig viel Zeit in unserem Haus verbrachte. Scott beauftragte einen Privatdetektiv, und bingo: Mir flatterten die Scheidungspapiere auf den Tisch. Ich arbeite inzwischen als Kellnerin in einer Bar. Und Ramon immer noch bei Scott als Gärtner.«

Verflixtes 6. Jahr: ☒

Mit 35 sollten Sie bereits sieben Jahre verheiratet sein, sodass nun der perfekte Zeitpunkt gekommen ist für eine Affäre mit der Sekretärin, dem Milchmann, dem Nachbarn oder irgendeinem anderen geeigneten Kandidaten. Korrekt eingefädelt, sollte das Ihre Ehe nicht gefährden - zumindest nicht kurzfristig.

Achtung: Wie die folgenden Fallbeispiele zeigen, dürfen Sie die Affäre nur genau sieben Jahre nach der Eheschließung haben. Andernfalls müssen Sie mit unerfreulichen Folgen rechnen.

Brian*

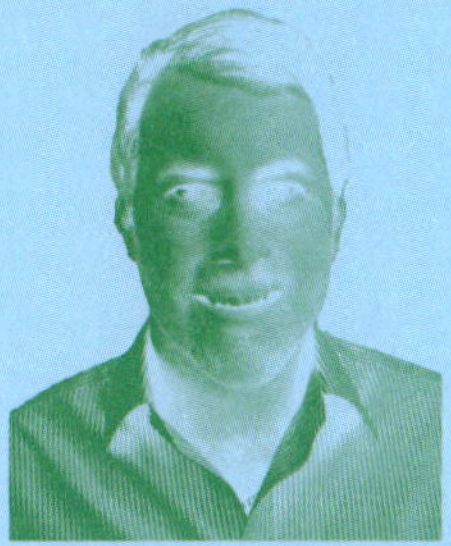

»Ich wusste damals schon, dass ich mit meiner Affäre ein bisschen zu spät dran war. Meine Frau und ich hatten gerade unser Achtjähriges gefeiert, als ich auf einer Dienstreise einen One-Night-Stand mit dieser echt heißen Vertriebskollegin aus Bradford hatte. Mein Chef sah sie aus meiner Zimmertür kommen und feuerte mich auf der Stelle. Als ich meiner Frau den Seitensprung gestand, warf sie mich hinaus und wechselte sämtliche Schlösser zu unserem Haus. Inzwischen lebe ich in einem Männerwohnheim - und zu allem Übel juckt es mich ganz furchtbar im Intimbereich. Kennen Sie vielleicht einen guten Arzt?«

Verflixtes 8. Jahr: ☒

Amanda*

»Also, Tony war der Erste. Ihn hatte ich auf unserer Hochzeitsfeier kennengelernt. Dann kam dieser süße Typ hinter der Bar von dem Hotel, wo wir die Hochzeitsreise verbrachten. Dann der Makler. Immerhin musste ich mir diese ganzen Wohnungen immer allein ansehen! Außerdem hatte ich seit jeher eine Schwäche für Handwerker, das war dann der Nächste. Als ich schwanger wurde, fühlte ich mich sehr unattraktiv, aber mein Frauenarzt Dr. Johnson gab mir das Gefühl wieder, echt sexy zu sein. Mike hat bisher noch nichts mitbekommen, der Engel, und das soll auch so bleiben.«

Verflixtes 1. Jahr: ☒

36: GROSSE ERWARTUNGEN

Dein Vater war in Deinem Alter schon viel größer!

Wenn Du den Brokkoli nicht isst, wirst Du nie Bundeskanzler!

Du willst doch auch einmal einen Prinzen heiraten, oder?

»Und wenn sie nicht gestorben sind« – Du weißt schon.

Du musst nur jede Nacht zu Gott beten, dann wird Dir nichts Schlimmes geschehen.

Bei Mama und Papa war es Liebe auf den ersten Blick!

Ich fass es nicht! 2 plus 2 gleich 4! Grundgütiger, sie ist wirklich ein Genie!

Eine Ihrer dringlichsten Aufgaben als Eltern ist es, einen gesunden Ehrgeiz in Ihrem Kind zu wecken. Wie sonst soll es später einmal mit den Anforderungen der kapitalistischen Gesellschaft zurechtkommen? Scheuen Sie nicht davor zurück, auch mal über das Ziel hinauszuschießen. Besser zu ehrgeizig als schlaff und verweichlicht! Hier einige Motivationssprüche:

Mama hat Dich ganz doll lieb und der ganze Rest der Welt auch!

Dein Vater war ein General, Dein Großvater war ein General und der Vater Deines Großvaters auch schon!

Bayern München – Junge, ich sag Dir, eines Tages spielst Du für die!

Geige spielen ist ganz einfach, Du wirst schon sehen. Du schaffst das!

Wir haben Dich Albert genannt, nach einem berühmten Wissenschaftler.

Männer werden Dir zu Füßen liegen, wenn Du nur selbstbewusst genug auftrittst!

37: DIE VERFRÜHTE MIDLIFE-CRISIS

Arzfeld & Schwartz Scheidungsanwälte
Stundensatz 200 € (Sonderangebot; üblicherweise 250 €)
Erstberatung honorarfrei

Autorent Worldwide
Aktionspreis: 10 % Rabatt auf die Wochenrate für alle heißen Flitzer

Die Midlife-Crisis durchlaufen Sie am besten, solange Sie noch jung genug sind, um sie nach allen Regeln der Kunst auszukosten. Anbei einige unwiderstehliche Angebote, die Ihnen dabei helfen sollen, diese Zeit zu überstehen, ohne dabei Ihr Konto allzu sehr überzustrapazieren.

Flavio's Hair Salon
Färben 90 € (Damen)
bzw. 70 € (Herren)

Club der Bourbon-Kenner
Gratis Mitgliedschaft und 5 % Rabatt auf die ersten zehn Kisten

Mehr Details und weitere Angebote auf: www.thisdiarywillchangeyourlife.com

38: KARRIERE OHNE UMWEGE

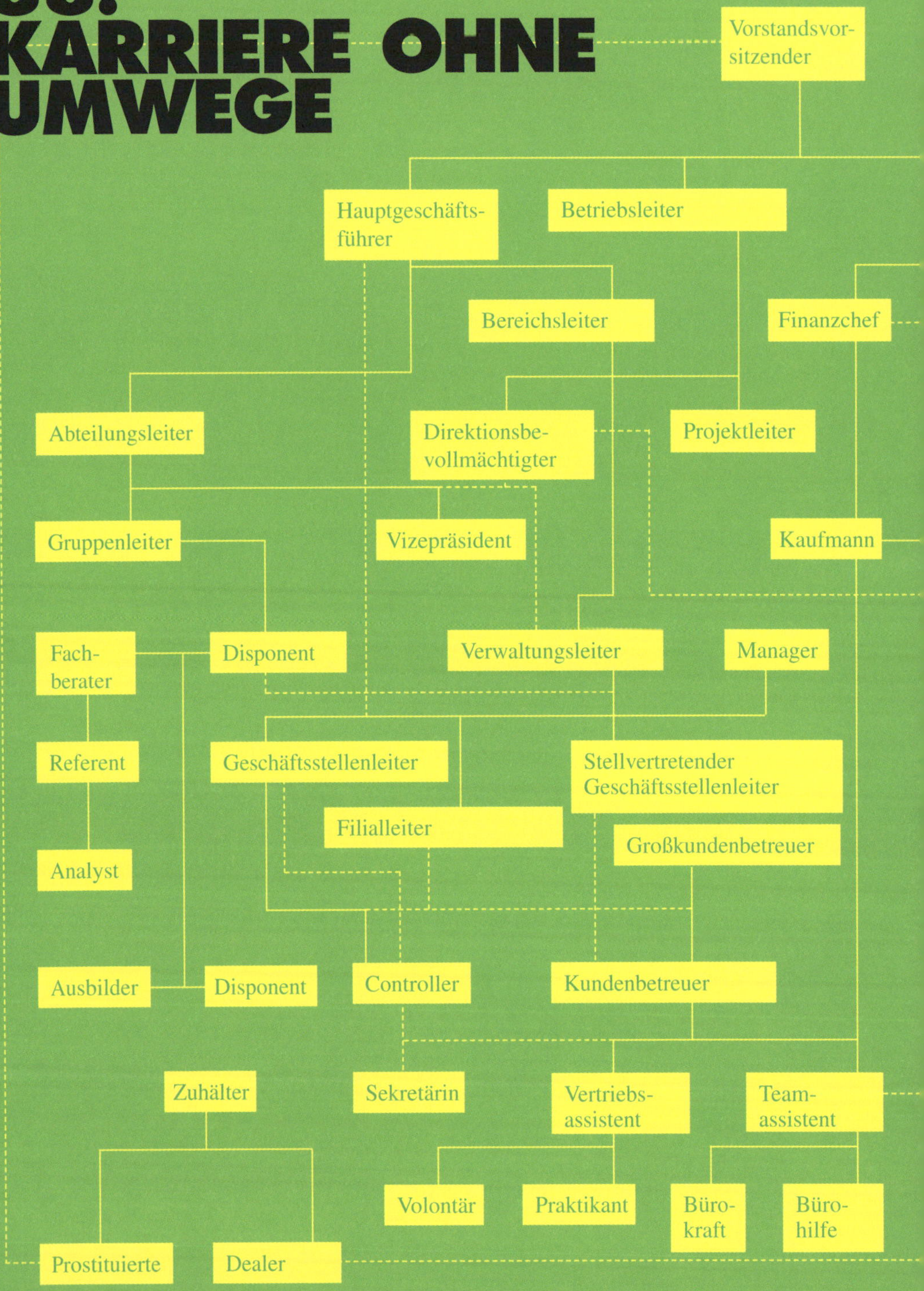

Mit 38 sollten Sie sich ausschließlich und gewissenhaft Ihrer Zukunft widmen, sonst werden Sie für den Rest Ihres Lebens auf einem mittleren Managementposten vor sich hinvegetieren. Das u. s. Schaubild soll Ihnen die Hierarchien unserer Businesswelt veranschaulichen. Planen Sie anhand dessen Ihren Weg an die Spitze!

39:
DIE WAHRHEIT ÜBER IHR ALTER

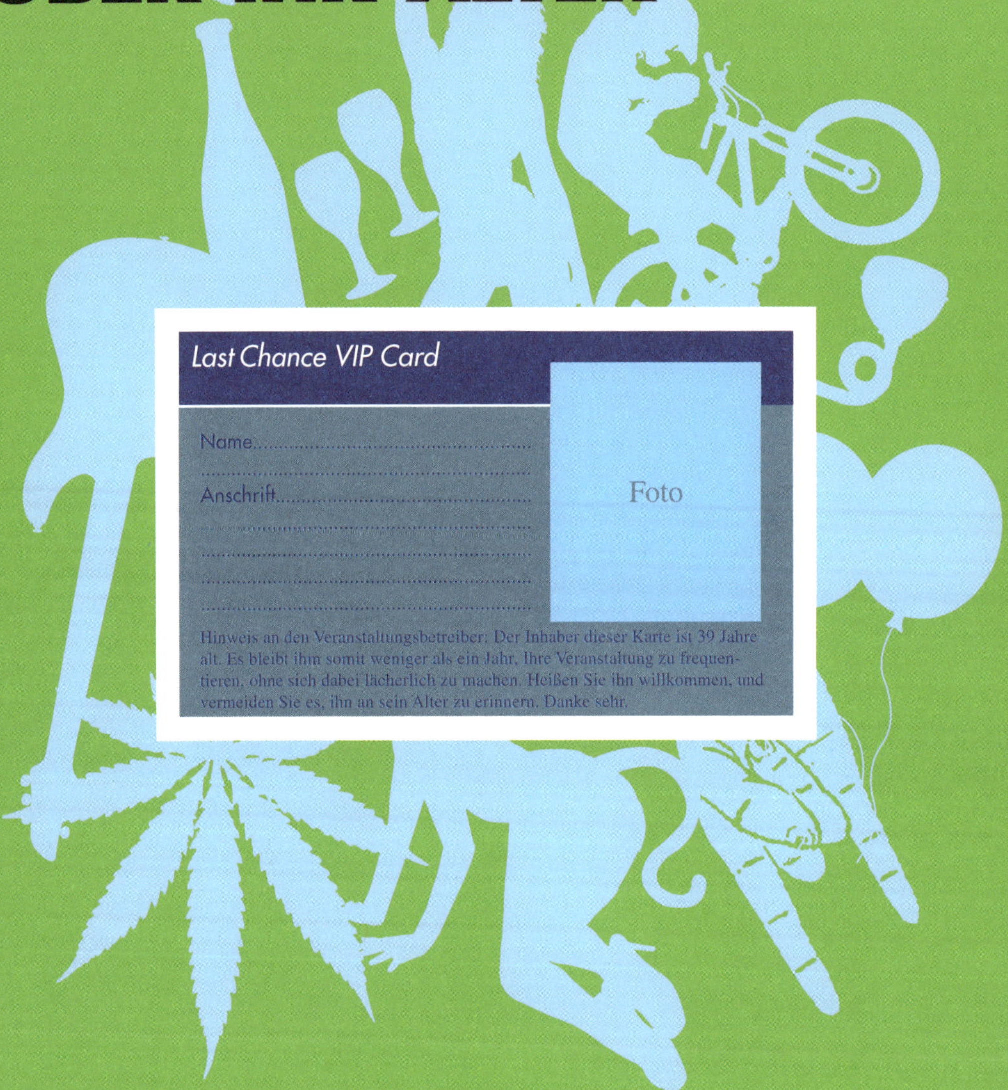

Ihre Jugend endet mit dem 40. Geburtstag. Daher sollten Sie in diesem Jahr all das tun, was der Jugend vorbehalten ist. Damit Sie in Ihrem fortgeschrittenen Alter auch noch überall Zutritt bekommen, finden Sie anbei die entsprechende VIP-Karte, die Ihren Status als »Noch-Jugendlicher« dokumentiert.

Clubs

Acanto, Dragonerstr., Hannover
Atomic Café, Neuturmstr., München
Berghain, Am Wriezener Bahnhof, Berlin
Fabrik, Barner Str., Hamburg
Muschiclub, Flandrische Str., Köln
Odeon, Seilerstr., Frankfurt/Main
Rote Fabrik, Seestr., Zürich
Tresor, Köpenicker Str., Berlin
Tsunami Club, Im Ferkulum, Köln
Watergate, Falckensteinstr., Berlin

Bars

Cube, Bruderstr., München
Elbe 76, Bismarckstr., Hamburg
Fiffibar, Rolandstr., Köln
Hallmackenreuther, Brüsseler Platz, Köln
Kaufleuten, Pelikanstr., Zürich
Ksar, Müllerstr., München
Rosebud, Heinsbergstr., Köln
Roxy, Aachener Str., Köln
Waranga Bar, Kleiner Schlossplatz, Stuttgart
Washingtonbar, Bernhard-Nocht-Str., Hamburg

Fashion

Alexa's, Utzschneiderstr., München
Apropo, Im Dau, Köln
Daniels, Ehrenstr., Köln
Fashionworld, Poßmoorweg, Hamburg
FCUK, Ehrenstr., Köln
Grace, Neuhauser Str., München
Personal Affairs, Ehrenstr., Köln
Tiffany, Goethestr., Frankfurt/Main
Titus, Spandauer Str., Berlin
Wink Fashion, Oberdorfstr., Zürich

E-Gitarren

Alexander Rhein, Bahnhofstr., Mainz
American Guitar Shop, Goethestr., Berlin
Bassline, Bethlehemstr., Bern
Cream Music, Taunusstr., Frankfurt/Main
Haid, Alserstr., Wien
Hieber Lindberg, Sonnenstr., München
Gibson Guitar Corp., Wallstr., Berlin
justmusic, Pariser Str., Berlin
Music Store Professional, Gr. Budengasse, Köln
Stage Guitar, Großer Sand, Uetersen

Konzerte

abart, Manessestr., Zürich
Alsterdorfer Sporthalle, Krochmannstr., Hamburg
Backstage, Friedenheimer Brücke, München
Ballhaus, Naunynstr., Berlin
E-Werk/Palladium, Schanzenstr., Köln
Feierwerk, Hansastr., München
Gloria, Apostelnstr., Köln
Live Music Hall, Lichtstr., Köln
Stage Club, Stresemannstr., Hamburg
Substanz, Ruppertstr., München

Drogendealer

Atschi, Weinbergspark, Berlin
Daz, Besenbinderhof, Hamburg
Freddie, Neumarkt, Köln
Hadji, Hauptstätter Str., Stuttgart
Heinz, Niddastr., Frankfurt/Main
Kid, Lübecker Str., Hamburg
Rich, Langstr., Zürich
Tikka, Bonner Loch, Bonn
Tony, Orléansplatz, München
Uz, Keupstr., Köln

die 4

0er

40: ERWACHSENENBILDUNG

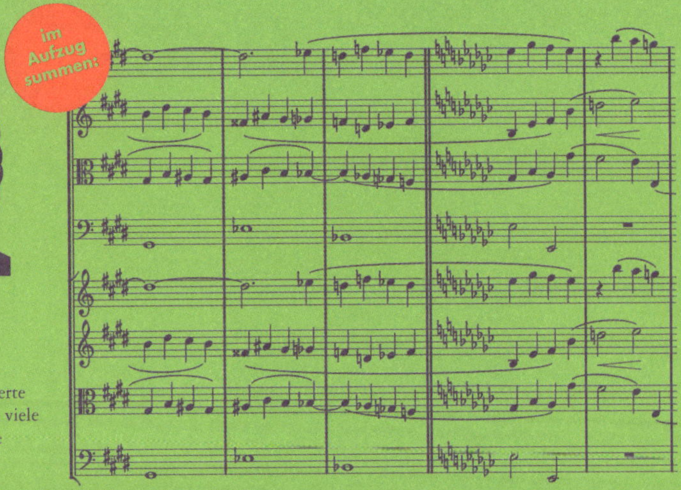

»Bach«

1685-1750

Hit: Brandenburgische Konzerte
bekannt für: geradezu obszön viele Stücke, geradezu obszön viele Kinder
Erwachsenenfaktor: 9/10

»Mozart«

1756-1791

Hit: Requiem
bekannt für: Wunderkind, Hauptrolle in Hollywood-Kassenschlager
Erwachsenenfaktor: 4/10

In unserer westlichen Kultur gilt das 41. Lebensjahr als Meilenstein, als Wendepunkt, als Übertritt zum Erwachsenenleben. Mit 40 sind Sie unanfechtbar ein Erwachsener – mit allen Rechten und Pflichten. Zu diesen Pflichten gehört natürlich auch das Lauschen klassischer Musik. Nein, das gehört nicht nur dazu – es ist schlicht eine Voraussetzung.

»Beethoven«

1770-1827

Hit: 5. Sinfonie
bekannt für: ungekämmtes Haar, Taubheit, großartige Pein
Erwachsenenfaktor: 7/10

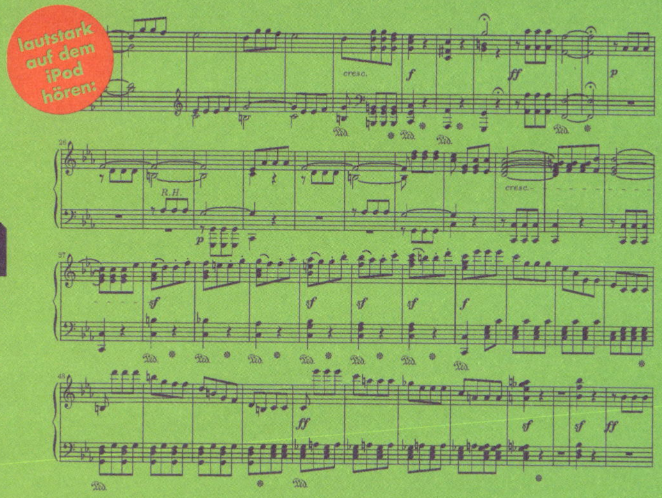

»Wagner«

1813-1883

Hit: Der Ring des Nibelungen
bekannt für: kein Sinn für Humor, protofaschistische Neigung, zwielichtige Schwiegertochter
Erwachsenenfaktor: 8/10

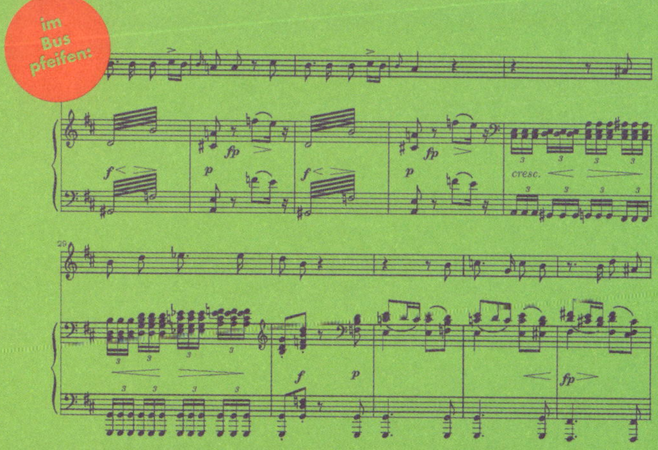

41: GEHEN SIE IN THERAPIE!

Mögliche Problematiken

1. PRÄNATAL

Zeichnen Sie sich selbst im Mutterleib!
(Wenn Sie sich nicht erinnern können, fragen Sie Ihre Mutter!)

Bsp.

O.k — *nicht O.k.*

2. DAS INNERE KIND

Porträtieren Sie das Kind in sich!

Bsp.

gutes inneres Kind — *böses inneres Kind*

In den ersten einundvierzig Lebensjahren haben Sie sich in ein wandelndes Bündel von Neurosen und unterdrücktem Begehren verwandelt. Da Sie sich jetzt nicht einmal mehr jung fühlen, sollten Sie einem anständigen Nervenzusammenbruch nahe sein. Sie brauchen jetzt eine langwierige, teure Therapie, um Ihr Leben wieder in den Griff zu kriegen. Versuchen Sie im Vorfeld, den tieferen Grund zu ergründen. Dies erleichtert dem Therapeuten den Einstieg in Ihre Gespräche.

3. ERINNERUNGEN

Notieren Sie Ihre lang verdrängten Erinnerungen. Sollten Sie Schwierigkeiten dabei haben, sie aus dem Unterbewusstsein hervorzukramen, kann Ihnen möglicherweise die u. s. Liste als Auslöser für bestimmte Erinnerungen dienlich sein.

....

....

....

....

....

....

....

....

....

»Onkel« »Geheimnis« »Spiel« »Nein!« »Pssst« »tut weh« »Wehe, Du erzählst Deinen Eltern davon«

4. SEXUELLE IDENTITÄT

Beantworten Sie folgende Fragen so ehrlich, wie es Ihnen möglich ist:

Sie sind heterosexuell.
Vielleicht doch insgeheim schwul/lesbisch? Ja ☐ Nein ☐

Sie sind homosexuell.
Oder vielleicht doch insgeheim hetero? Ja ☐ Nein ☐

Haben Sie irgendwelche verborgenen sexuellen Wünsche und Bedürfnisse? Ja ☐ Nein ☐ weiß nicht ☐

5. ELTERN

Zeichnen Sie Ihre Mutter und Ihren Vater!

Bsp.

O.k.

Problem

42: VORSTADTIDYLL

Das Leben darf ruhig aufregend und ein bisschen gefährlich sein. Aber nicht für immer. Mit 42 sollten Sie sich in einem ruhigen und ereignisarmen Vorort niederlassen. Die nebenstehende Checkliste enthält alle wichtigen Kriterien für Ihren zukünftigen Lebensraum.

Vorstadt-Checkliste

- frische Luft ☐
- keine Verkehrsstaus ☐
- keine Überfälle nach Sonnenuntergang ☐
- keine herumlungernden Jugendlichen ☐
- keine Ghettoblaster im ÖPNV ☐
- keine Breakdancing-Gang auf der Straße ☐
- keine Graffiti an den Wänden ☐
- keine Assis ☐
- keine Pädos ☐
- auch keine sonstigen Gangster ☐
- keine Crackpfeifen im Gully ☐
- keine Kondome auf dem Spielplatz ☐
- keine Serienkiller in der Nachbarschaft ☐
- keine Besoffenen in der Öffentlichkeit ☐
- keine Schüsse aus vorbeifahrenden Autos ☐
- keine Drogendealer in Hauseingängen ☐

43: SWING TIME!

Die Vorstadt ist der ideale Ort, um Kinder aufzuziehen – und um gesundheitsgefährdende Sex-Experimente durchzuführen. Es gibt schließlich nicht viel anderes zu tun. Lernen Sie Ihre Nachbarn im biblischen Sinne kennen! Hier der Geheimcode für Ihre Neigungen!

44: DIE SCHÖNEN DINGE DES LEBENS

Champagner

5€

Rabatt auf eine Magnum!

gilt auch für die Jahrgänge: 1982, 1983, 1985, 1986, 1988, 1995, 1998, 2001

Händlerinfo: Rabattcode bei Autoren anfragen

FOIE GRAS

20€

Das zweite Kilo 20 € günstiger!

(nur Qualitätsstufe 1)

Händlerinfo: Rabattcode bei Autoren anfragen

KASCHMIR

10%

auf alle Kaschmirpullover

Pashmina-Doppelgewebe

Händlerinfo: Rabattcode bei Autoren anfragen

Hummer

4 zum Preis von 3!

Ausschließlich bretonischer Hummer

Händlerinfo: Rabattcode bei Autoren anfragen

Mit 44 können Sie es sich leisten, auch mal fünf gerade sein zu lassen. Entspannen Sie sich, und widmen Sie sich den materiellen Genüssen, die Ihnen Ihr Wohlstand ermöglicht. Sie haben es sich verdient. Frönen Sie dem Luxus – und sparen Sie mit den beigefügten Coupons auch noch bares Geld!

Zigarren

5 gratis

beim Kauf einer 25-er Kiste

COHIBA ESPLENDIDOS ODER ROBUSTOS

Händlerinfo: Rabattcode bei Autoren anfragen

DIAMANTEN

5%

auf Ringe und Halsketten

ab 2 Karat

Händlerinfo: Rabattcode bei Autoren anfragen

KAVIAR

15% Rabatt

700-g-Dose Original Beluga!

20% Rabatt auf Osteria und Sevruga

Händlerinfo: Rabattcode bei Autoren anfragen

Pelze

33% auf alle Mäntel

WIR FÜHREN:

Chinchilla, Biber, Hermelin, Nerz

Händlerinfo: Rabattcode bei Autoren anfragen

45: ENTWICKLUNGSHILFE DURCH ADOPTION

1. Äthiopien

Bruttoinlandsprodukt (BIP) pro Einwohner: $ 700
durchschnittl. Lebenserwartung: 48
Aussichten für Waisen: düster
Niedlichkeitsfaktor von Waisen: hoch
Schuldgefühlsniveau: 9/10
Kontakt: Ministry of Labour and Social Affairs, Abt. Kinder und Jugend, Kirkos Kifle Ketema, Kebele 18, Kazanchis, Addis Abeba

2. Bolivien

BIP pro Einwohner: $ 2 300
durchschnittl. Lebenserwartung: 65
Aussichten für Waisen: geht so
Niedlichkeitsfaktor von Waisen: mittel
Schuldgefühlsniveau: 8,5/10
Kontakt: Viceministerio de La Juventud, Niñez y Tercera Edad, Edificio El Condor, 1 St. Floor, Suite 101, Batallon Colorados St. 24, La Paz

3. Malawi

BIP pro Einwohner: $ 600
durchschnittl. Lebenserwartung: 42
Aussichten für Waisen: trostlos
Niedlichkeitsfaktor von Waisen: hoch
Schuldgefühlsniveau: 7/10
Kontakt: Ministry of Gender, Child Welfare and Community Services, P/Bag 330, Lilongwe

Hitliste der Adoptionsländer

Ihre Schuldgefühle, der Mittelklasse anzugehören, sollten spätestens Mitte vierzig ins Unermessliche steigen. Welchen besseren Ausweg aus dieser Lage gäbe es, als jemandem, der nichts besitzt, ein klein wenig von Ihrem Wohlstand abzugeben? Ein Kind aus der Dritten Welt zu adoptieren ist hierbei die perfekte Wahl. Das passt zu Ihrem bourgeoisen Lebensstil. Aber welches Kind aus welchem Land hat es besonders nötig?

46: ROSENKRIEG

Schneiden Sie eine der angeführten Karten mit der von Ihnen gewünschten Erklärung aus, und legen Sie sie Ihrem angetrauten Ehepartner unters Kopfkissen!

Ich will die Scheidung. **Du bist nicht mehr der-/diejenige, den/die ich einmal kannte.**	Ich will die Scheidung. **Wir haben uns auseinandergelebt.**
Ich will die Scheidung. **Ich habe jemand anderen kennengelernt.**	Ich will die Scheidung. **Du hast jemand anderen kennengelernt.**
Ich will die Scheidung. **Wir hatten seit dem 11. September keinen Sex mehr.**	Ich will die Scheidung. **Wir haben nur noch am 11. September Sex miteinander.**

46 ist ein gutes Alter, um sich scheiden zu lassen. Sie haben noch immer Zeit genug, sich jemand Neuen zu suchen. Ihre Kinder sind aus dem Gröbsten heraus, und Sie waren lang genug eine heile Familie, haben sich ein Nest gebaut, um das es sich nun zu kämpfen lohnt. Und Sie haben genug Geld verdient, um sich einen anständigen Anwalt zu nehmen. Jetzt brauchen Sie nur noch einen Grund!

Ich will die Scheidung.

Deine Drogensucht ist außer Kontrolle geraten.

Ich will die Scheidung.

Nein, eigentlich will das meine geheime Zweitfamilie.

Ich will die Scheidung.

Meine sexuelle Orientierung hat sich geändert.

Ich will die Scheidung.

Deine sexuelle Orientierung hat sich geändert.

Ich will die Scheidung.

Gott sagt, es ist besser so.

Ich will die Scheidung.

Ich hasse einfach alles an Dir!

47: THE AMERICAN DREAM

The American Dream

Nach einem langen, von harter Arbeit und Zielstrebigkeit gezeichneten Leben wirst Du Dich als Millionär zur Ruhe setzen.

The Russian Dream

Nach einem langen, von Vetternwirtschaft und Staatskorruption gezeichneten Leben wirst Du Dich als Millionär zur Ruhe setzen.

The Saudi Dream

Nach einem langen Leben, in dem Du in Deinem Hinterhof auf Öl gestoßen bist, wirst Du Dich als Millionär zur Ruhe setzen.

The Italian Dream

Nach einem langen Leben wirst Du Dich zur Ruhe setzen, und Deine unzähligen Enkelkinder werden für Dich sorgen.

Irgendwann im Leben muss man sich der Wahrheit stellen: Wenn Sie bis jetzt noch keine Millionen gemacht oder eine schicke Yacht im Hafen liegen haben, wird das auch nichts mehr. Aber keine Bange: »Vom Tellerwäscher zum Millionär« ist nicht der einzig gangbare Weg. Ziehen Sie rechtzeitig Alternativen in Erwägung!

The British Dream

Nach einem langen Leben wirst Du Dich auf einem sanften Rentenpolster in einem Landhaus zur Ruhe setzen.

The French Dream

Nach einem langen Leben wirst Du Dich auf einem sanften Rentenpolster zur Ruhe setzen oder alternativ Deine Regierung stürzen.

The World Dream

Nach einem langen Leben hast Du genug Geld gespart, um Dich zur Ruhe setzen zu können.

The Ethiopian Dream

Du wirst das Rentenalter erreichen.

48: WEG MIT DEM SPECK

Mit 48 stehen Sie vor der Wahl: Entweder widersetzen Sie sich endlich den Expansionsplänen Ihres Körpers, oder aber Sie kapitulieren. So werden Sie bald aussehen, wenn Sie jetzt nicht die Reißleine ziehen. Schneiden Sie sich ein Bild aus, und hängen Sie es an den Kühlschrank. Auf dass es zur Abschreckung diene.

49: ENTFÜHRT VON AUSSERIRDISCHEN!

LÜGE #1

Der Penis eines männlichen Menschen kann einen starken Laserstrahl aussenden, der sowohl den Mann als auch das Opfer tötet.

LÜGE #2

Der Mond ist in Wirklichkeit ein Anti-Alien-Todesstern, der bloß seiner Aktivierung harrt.

LÜGE #3

Menschen mit Tripper sind die attraktivsten Sexualpartner.

LÜGE #4

Der Außerirdische von Roswell lebt noch und wird in einem Einmachglas im Bundeskanzleramt festgehalten.

LÜGE #5

Ihr könnt den Gedächtnisverlust nach der Entführung durch die Zuführung einer hohen Dosis menschlichen »Geldes« beschleunigen.

Irgendwann erwischt es jeden. Zumeist im Alter von 49 Jahren, weil Außerirdische Leistungsträger bevorzugen. Tischen Sie Ihren Entführern blanke Lügen auf. Das macht Spaß und zögert vielleicht sogar die Invasion heraus.

LÜGE #6

Sämtliche politischen Führer meines Planeten fahren Geländewagen. So sind sie für Euch Entführer leicht auszumachen.

LÜGE #7

Bei Menschen eine Analsonde einzusetzen ist kontraproduktiv, da es ihre Kräfte verzehnfacht.

LÜGE #8

Holländer sind keine Menschen, sondern rivalisierende Außerirdische.

LÜGE #9

Als E.T. hier war, hat er immerzu über Euch gelästert.

LÜGE #10

Männer sind vom Mars, Frauen von der Venus.

die 5

0er

50: WERDEN SIE KONSERVATIV!

START

Wenn → Sie heute mehr Geld verdienen als früher → und →

Wenn → Sie sich heute schwächer fühlen als früher → und →

Wenn → Sie langsam anfangen zu realisieren, dass Sie nicht ewig leben → und →

Wenn → Sie sich nach einer Schar Enkelkinder sehnen, → aber →

Ein halbes Jahrhundert Leben auf Erden, und selbst der Liberalste wird irgendwann weise. Konservativ zu sein, ist keine Schande – im Gegenteil. Im mittleren Alter ist das völlig normal, geradezu rational. Und man kann es sich ganz einfach schönreden.

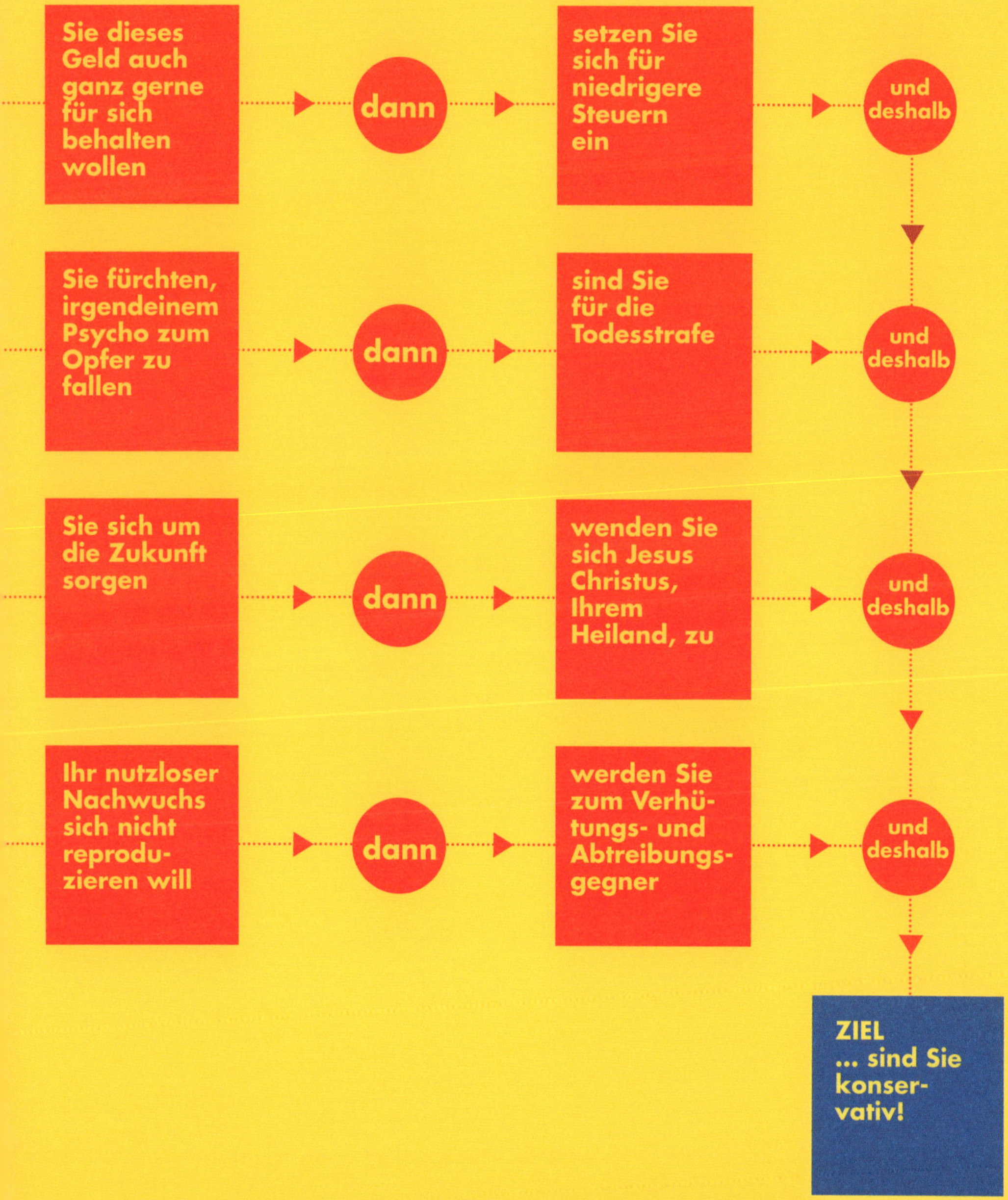

51: DIE MENOPAUSE

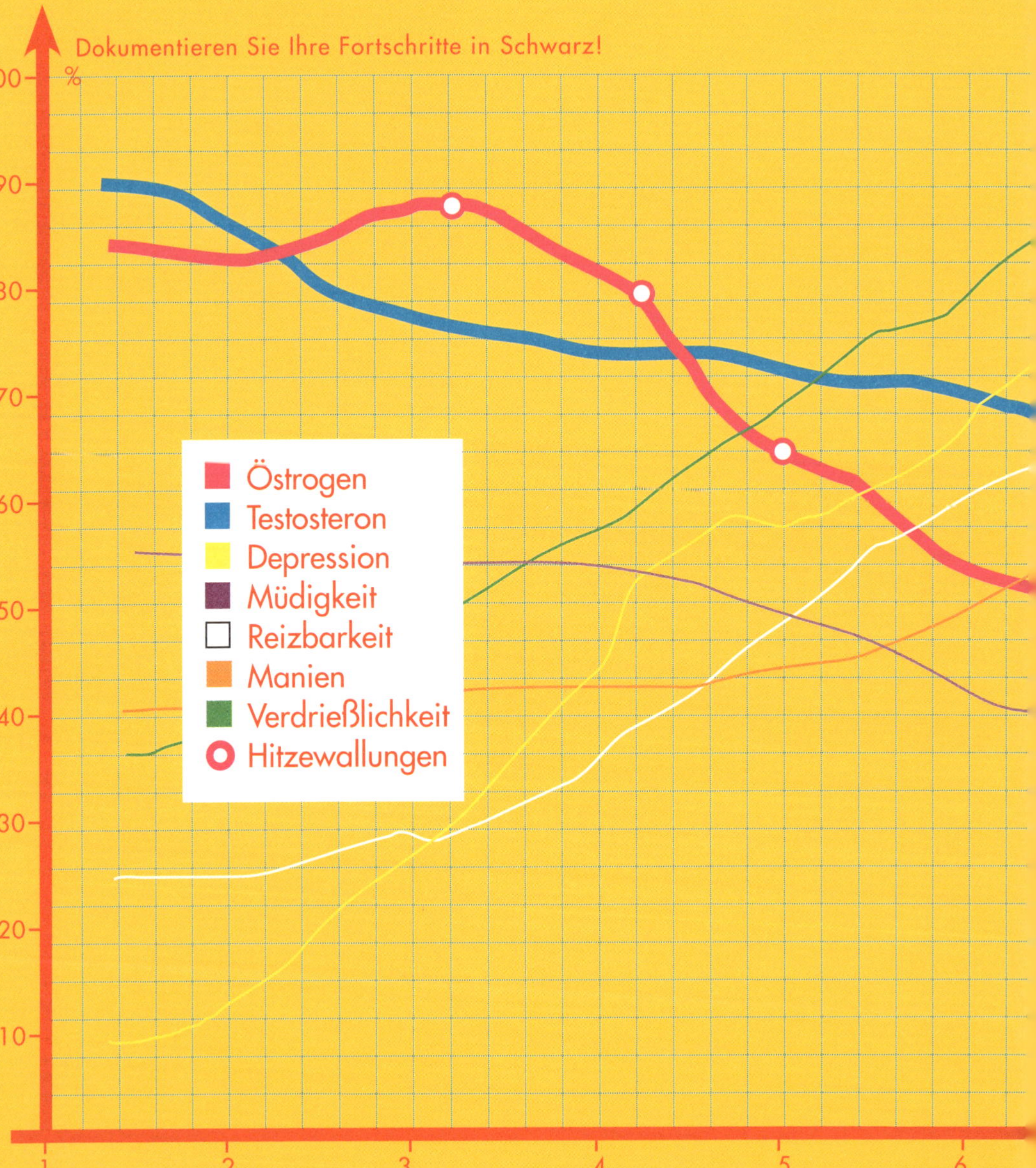

Die Menopause trifft heutzutage Frauen ebenso wie Männer und verursacht bei beiden Geschlechtern physische und psychologische Traumata gleichermaßen. Versuchen Sie, dem entgegenzuwirken, indem Sie Ihren Hormonabfall stabilisieren! Vermeiden Sie abrupte, starke Schwankungen! Das u. s. Schaubild dient der Verdeutlichung.

Folgen Sie ihm, und Ihre Menopause wird nur so flutschen!

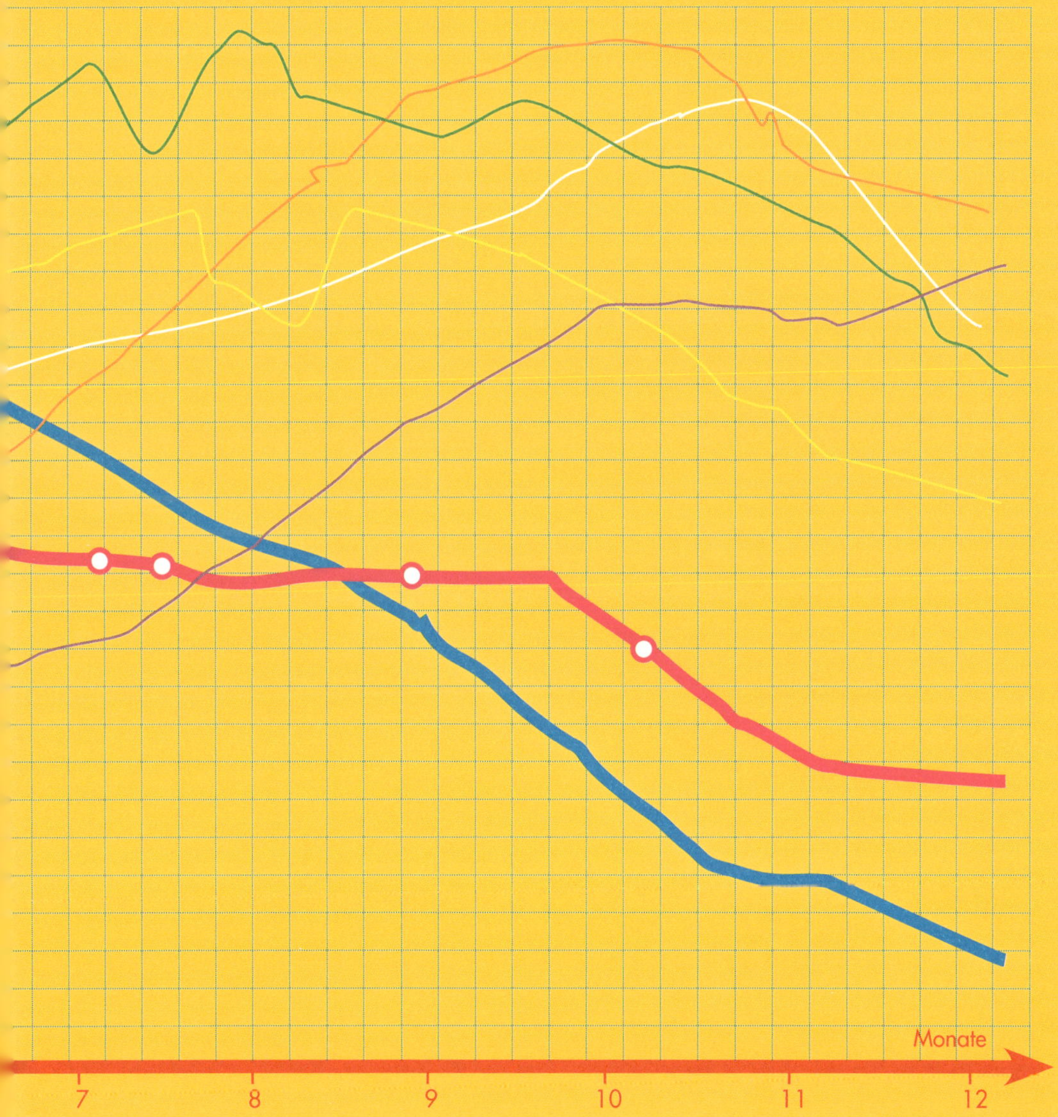

52:
MIT DELFINEN SCHWIMMEN

Mit 52 holt Sie die Midlife-Crisis noch mal ein. Mal ehrlich: Haben Sie sich wirklich damit arrangiert, dass das Altern ein unumkehrbarer Prozess ist? Wahrscheinlich nicht. Um der neuerlich aufkeimenden Depression zu begegnen, müssen Sie nun zu einer millionenfach bewährten Methode greifen: dem Schwimmen mit Delfinen. Beachten Sie dabei die folgenden Sicherheitshinweise!

Kommunizieren Sie mit dem Delfin nur durch ein Sonargerät.

Pinkeln Sie nicht ins Wasser – der Delfin lebt und isst darin!

Lassen Sie sich nicht derart von Delfinglückseligkeit überwältigen, dass Sie ersaufen!

Wenn der Delfin versuchen sollte, Sie aufzufressen, ist es ein Hai. Schwimmen Sie davon!

53: GOLF IST DER SEX DES ALTERS

A:

Heiß.

Bis zum Übertritt ins 54. Lebensjahr ähnelt es einem obskuren freimaurerischen Ritual, und die Faszination daran bleibt Jüngeren stets verborgen. Doch von nun an wird GOLF in Ihrem Leben die Hauptrolle spielen!
Um Ihnen den Übertritt zu erleichtern, konzentrieren Sie sich zunächst auf Bild A! Wenn Sie ausreichend erregt sind, schließen Sie die Augen, bewahren Sie dieses Gefühl, öffnen Sie die Augen wieder, und fokussieren Sie Bild B! Über kurz oder lang wird es Ihnen gelingen, Ihre Gefühle und die erotische Erfüllung von SEX auf GOLF zu übertragen.

B:

Heißer.

54: AUF ZU DEN ANONYMEN ALKOHOLIKERN!

Hallo, mein Name ist …
und ich bin Alkoholiker.

Ich trinke wegen
meiner Frau/meines Mannes/meiner Kinder/meiner Arbeit.

Ich habe erkannt, dass ich ein Problem habe, als ich
zitternd aufgewacht bin/in der Gosse aufgewacht bin/besoffen aufgewacht bin.

Ich trinke, um betrunken zu werden/um zu vergessen./Ich habe vergessen, warum ich trinke.

Ich trinke am liebsten
teuren französischen Wein/billiges bayrisches Bier./Oh, gibt's da Unterschiede?

Ihr Alkoholproblem mag ja ein Leben lang andauern, aber mit 54 sollte es seinen Höhepunkt erreichen, und Sie sollten zumindest so tun, als suchten Sie Hilfe. Machen Sie einen Termin mit den AA in Ihrer Nachbarschaft aus, und besuchen Sie die erste Gruppenstunde. Sprechen Sie zu Beginn die u. s. Worte!

Mein schlimmstes Sufferlebnis hatte ich
in der Notaufnahme/bei der Polizei/
in der Bundeswehr.

Meine Leber
ist bereits geschädigt/muss ausgetauscht werden/ist von ganz allein aus meinem Körper hinausgekrochen.

Ich bin heute hier, weil
mir sonst die Scheidung droht/Familie und Freunde mich dazu gezwungen haben./Wo ist denn nun das Freibier?

Danke, dass Ihr mir zugehört habt/
dass Ihr Euer Leid mit mir teilt/
dass Ihr morgen alle in meiner Klatschkolumne auftaucht!

55: EIN HEIM FÜR ELTERN

GUT FÜR SIE SELBST!

- ein unbeschwertes Wochenende in Paris
- nie mehr gemeinsam Fernsehgottesdienste sehen
- romantisches Candlelight-Dinner im angesagtesten Restaurant
- Freiraum für die Befriedigung von Mittfünfziger-Sexbedürfnissen
- Gewissheit, dass professionell für die Eltern gesorgt wird
- Leben ohne Schuldgefühle
- Leben ohne ständige Vorwürfe und Verurteilungen
- nur ein Besuch pro Jahr

Jahr für Jahr haben Ihre Eltern sich um Sie gekümmert und Sie in all Ihren Bemühungen unterstützt. Sie haben großen Einfluss auf Sie gehabt und Sie zu der Person gemacht, die Sie heute sind. Erweisen Sie sich dafür dankbar, indem Sie sie jetzt in ein schäbiges Altersheim abschieben. Sollten sie protestieren, erinnern Sie sie daran, dass es zum »Vorteil aller« geschehe. Und dass sie ihre »beste Zeit« nun mal gehabt haben.

GUT FÜR IHRE ELTERN!

- ein Fenster, durch das sie die Eichhörnchen beobachten können
- Versorgung mit Medikamenten in praktischen Pappbecherchen
- gebissfreundliche Püree-Variationen in unterschiedlichen Farben
- unerwartete Annäherungsversuche des Nachtpersonals
- hohe Wahrscheinlichkeit, fehldiagnostiziert und falsch behandelt zu werden
- Wegwerfwindeln
- Malen und Basteln jeden Donnerstagnachmittag
- nur ein Besuch pro Jahr

56: ES LEBE DIE SCHÖNHEITSCHIRURGIE!

wünschenswerte Korrekturen (Damen)

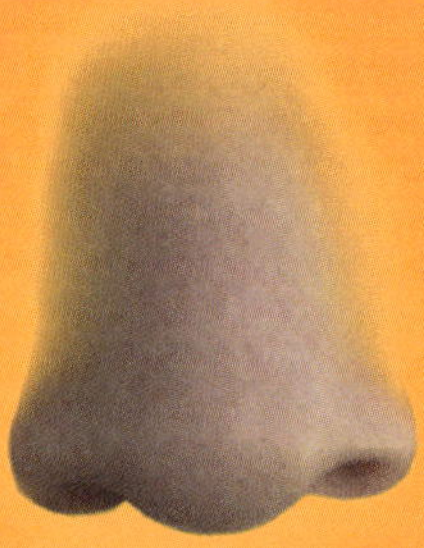

die perfekte Nase

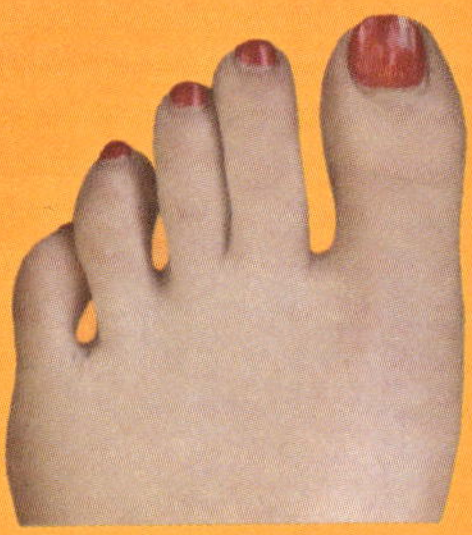

der perfekte Fuß

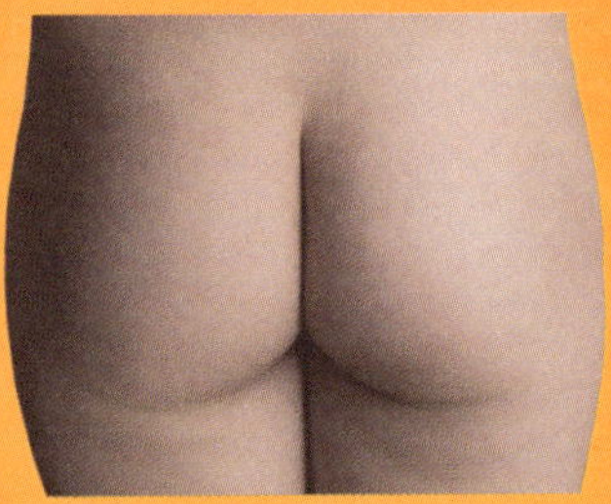

der perfekte Hintern

der perfekte Oberschenkel

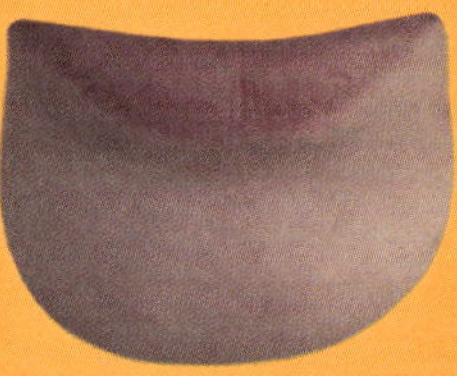

das perfekte Kinn

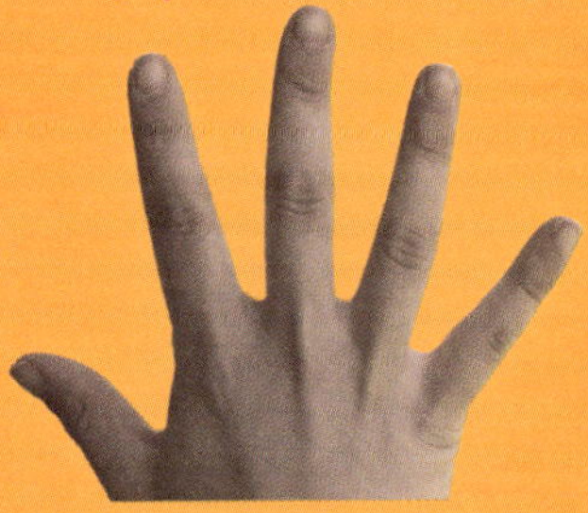

die perfekte Hand

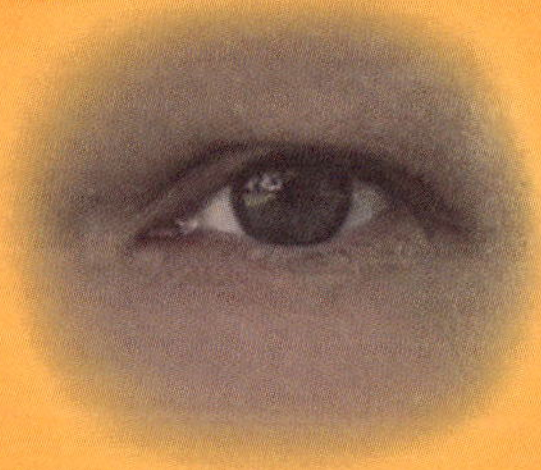

das perfekte Auge

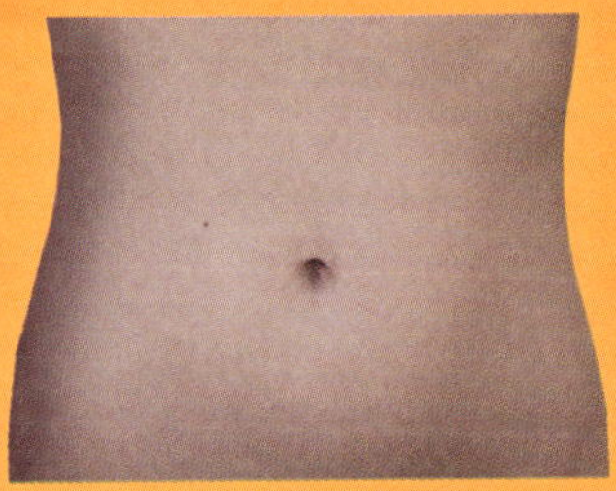

der perfekte Bauch

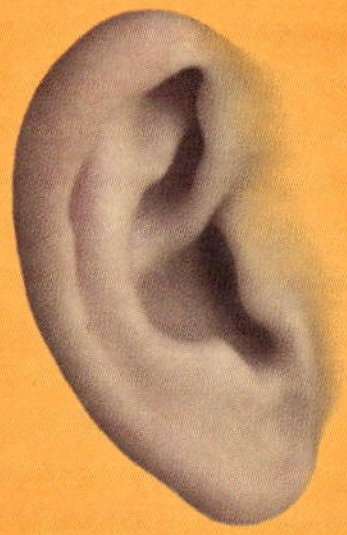

das perfekte Ohr

Gesamtkosten: ....

Zu den Privilegien des fortgeschrittenen Alters zählt die Schönheitschirurgie. Warten Sie nicht allzu lange, damit Sie auch noch von den positiven Begleiterscheinungen profitieren können (junge Liebhaber, neidische Verwandte, ungläubige Kollegen). 56 ist genau das richtige Alter! Anbei ein Referenzkatalog mit den wichtigsten Körperteilen. Treffen Sie Ihre Wahl, und überreichen Sie die Seite einfach dem Schönheitschirurgen Ihres Vertrauens!

wünschenswerte Korrekturen (Herren)

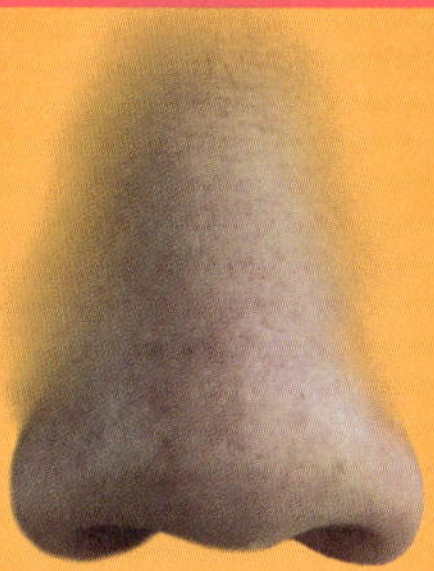

die perfekte Nase

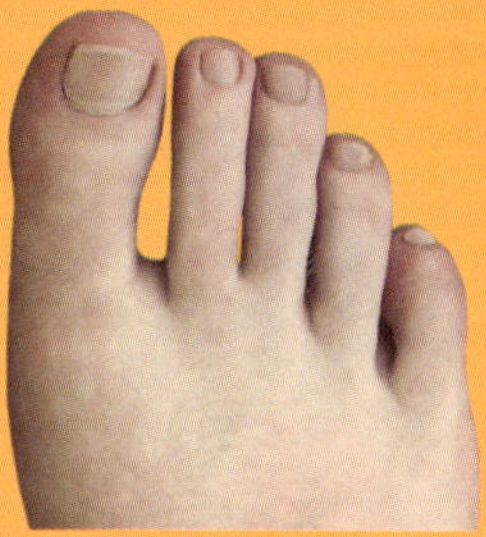

der perfekte Fuß

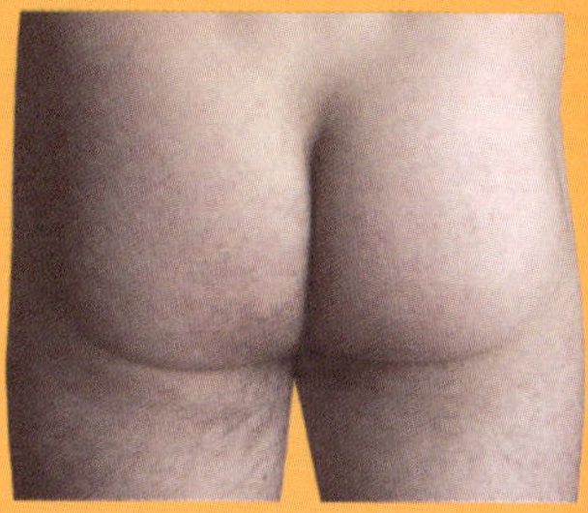

der perfekte Hintern

der perfekte Oberschenkel

das perfekte Kinn

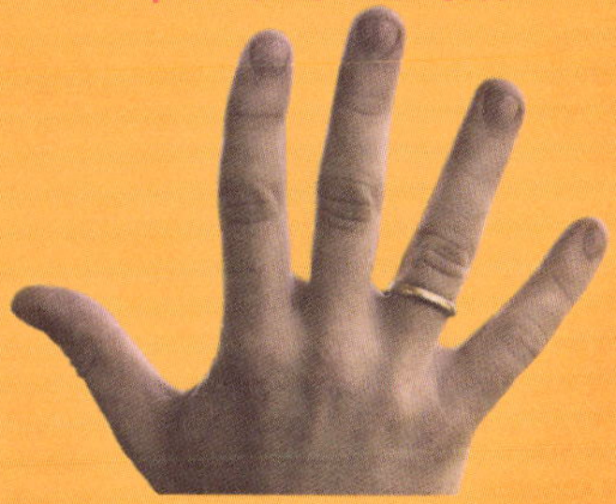

die perfekte Hand

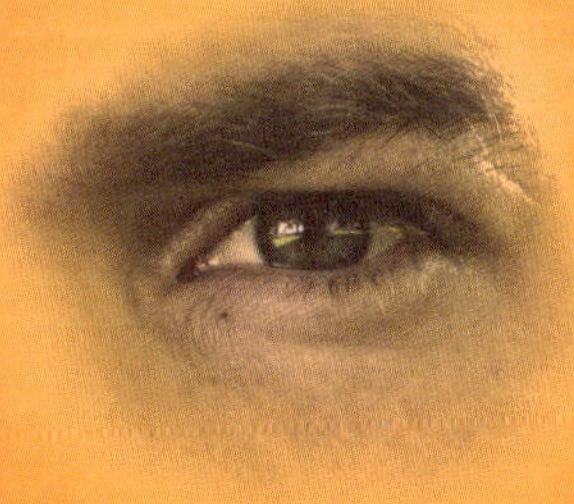

das perfekte Auge

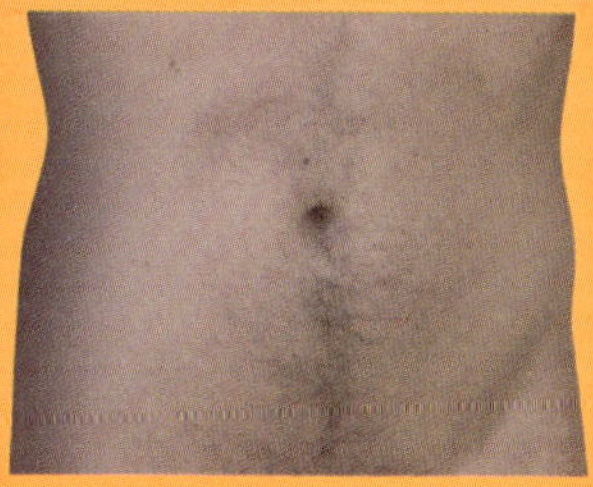

der perfekte Bauch

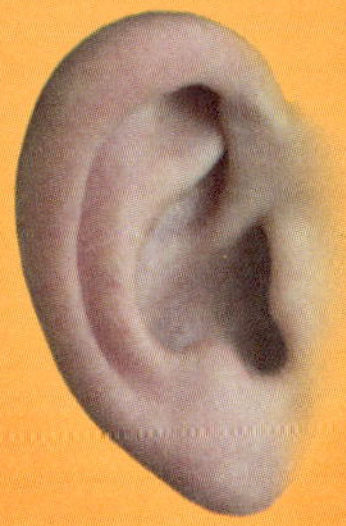

das perfekte Ohr

Gesamtkosten: ....

57: AKTION »KINDER UNTER DIE HAUBE«

die Tochter verheiraten

akzeptabel ☐
inakzeptabel ☐

akzeptabel ☐
inakzeptabel ☐

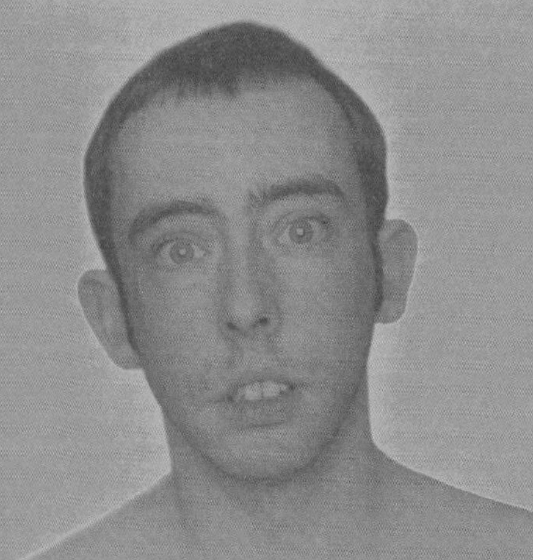

akzeptabel ☐
inakzeptabel ☐

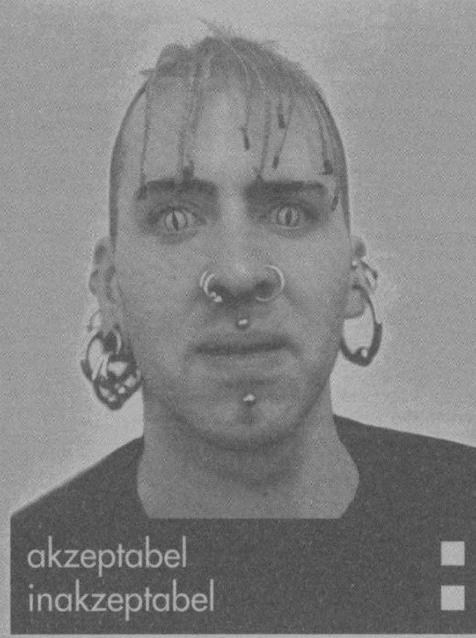

akzeptabel ☐
inakzeptabel ☐

Mit Ende fünfzig haben Sie Ihre Kinder erfolgreich großgezogen. Sie haben sie behutsam mit der großen bösen Welt vertraut gemacht und ihnen den steinigen Weg durch eine harte Jugend gewiesen. Nun ist es an der Zeit, diese lästigen Schmarotzer loszuwerden – und zwar an jemanden, der zumindest äußerlich dem Niveau Ihres Sprösslings entspricht. Wählen Sie den richtigen Kandidaten anhand folgender Übersicht!

den Sohn verheiraten

akzeptabel ☐
inakzeptabel ☐

akzeptabel ☐
inakzeptabel ☐

akzeptabel ☐
inakzeptabel ☐

akzeptabel ☐
inakzeptabel ☐

58: GANZ DER HERR PAPA! GANZ DIE FRAU MAMA!

Sosehr Sie sich auch bemühen, anders zu sein als Ihre Eltern, sich von ihnen abzunabeln oder sich gar von ihnen zu distanzieren – eines Morgens werden Sie aufwachen und erkennen: Sie sind genau wie sie! Sie können nichts dagegen tun. Es ist genetisch. All die nervigen Angewohnheiten, die kleinlichen Aufreger, die Engstirnigkeit … Selbst Tics sind in Ihrer DNS gespeichert und treten nun zum Vorschein. Versuchen Sie gar nicht erst, dagegen anzukämpfen. Im Gegenteil: Freuen Sie sich schon jetzt darauf, dass eines Tages Ihre eigenen Kinder so sein werden wie Sie selbst!

Ein denkwürdiger Moment!

Am ………… um ………… Uhr

bin ich genau so wie

meine Eltern geworden.

59: SIEGER NACH PUNKTEN

Mit 59 sollte sich Ihre Karriere auf dem Höhepunkt befinden: CEO, Chefarzt, Oberschwester oder was auch immer. Begutachten Sie nun den Schaden, den Sie auf dem Weg nach ganz oben angerichtet haben.

❶ Kollege, den Sie zur Kündigung getrieben haben: ....

❷ Kollege, den Sie degradiert haben: ....

❸ Kollege, den Sie gefeuert haben: ....

❹ Kollege, den Sie haben feuern lassen: ....

❺ Kollege, auf dem Sie herumgetrampelt sind: ....

❻ Kollege, dessen Gesundheit Sie runiniert haben: ....

❼ Kollege, den Sie zum Frühstück verputzt haben: ....

❽ Kollege, den Sie in Meetings gedemütigt haben: ....

❾ Kollege, den Sie rausgemobbt haben: ....

❿ Kollege, der Ihretwegen aus dem Fenster gesprungen ist: ....

»Seien Sie nett zu den Menschen, die Sie auf Ihrem Weg nach oben begegnen. Sie treffen Sie möglicherweise bei Ihrem Abstieg wieder.« – Dieses Sprichwort bewahrheitet sich nicht immer. Wenn Sie die entsprechenden Menschen nur hart genug angehen, sind sie auf Ihrem Abstieg schon lange tot und begraben.

die 6

0er

60: WIEDERGEBURT

Wiedergeburt als

Buddhist:

Buddhistische Gesellschaft
Wulffstr. 6, 12165 Berlin
Tel.: 030/7 92 85 50
Wiedergeburtswahrscheinlichkeit: 8/10

Wiedergeburt als

Moslem:

Zentralrat der Muslime in Deutschland e.V.
Steinfelder Gasse 32
50670 Köln
Tel.: 0221/139 44 50
Wiedergeburtswahrscheinlichkeit: 6/10

Sie sind jetzt 60 Jahre alt. Haben Sie sich schon mal Gedanken darüber gemacht, was der Sinn Ihrer Existenz auf Erden ist, der Grund für all dies hier – und was aus Ihnen werden soll, wenn Sie das Zeitliche segnen?

Wiedergeburt als

Hindu:

Deutsch-Indische Hindu-Gesellschaft
Schwachhauser Heerstraße 266
28359 Bremen
Tel.: 0421/23 93 99
Wiedergeburtswahrscheinlichkeit: 6/10

Wiedergeburt als

Jude:

Zentralrat der Juden in Deutschland
Leo-Baeck-Haus
Postfach 04 02 07, 10061 Berlin
Tel.: 030/28 44 56 – 0
Wiedergeburtswahrscheinlichkeit: 3/10

Sie mögen vielleicht nicht an Himmel und Hölle glauben. Aber es kann nun mal nicht schaden, sich nach allen Seiten abzusichern. Kontaktieren Sie so viele Religionsgemeinschaften wie möglich, um Ihre Chance auf Wiedergeburt zu erhöhen.

Wiedergeburt als

Heide:

Heidnische Gemeinschaft e.V.
Postfach 370 451
14134 Berlin
Tel.: 030/859 29 86
Wiedergeburtswahrscheinlichkeit: 9/10

Wiedergeburt als

Christ:

Präfektur des Päpstlichen Hauses Vatikan
Tel.: +39/06/69 88 48 57
Wiedergeburtswahrscheinlichkeit: 7/10

61:
NÖRGELN, BIS DER ARZT KOMMT

Endlich Schluss mit »Always Look on the Bright Side« – das Leben ist kein Ponyhof, und Sie haben ein Recht darauf schwarzzusehen! Ein jedes flauschige Wölkchen hat seine düstere, regnerische Seite! Machen Sie es zu Ihrer Aufgabe, diese Seite zu finden und Ihre Umwelt ohne Unterlass an Ihrer Sichtweise teilhaben zu lassen!

1. nervtötende Gören
2. zu heiß
3. Schreihals
4. zu hart
5. gefährlich
6. schlimme Chaoten
7. allergen
8. ungepflegt
9. kacken auf den Kopf
10. zu hell
11. zu dunkel
12. verdreckt

62: DROGEN AUF REZEPT

Kombi: FLUCTIN + VIAGRA
Pro: warmes Wohlgefühl, wiedererlangte Jugend
Contra: Realitätsverlust, Herzinfarkt

Kombi: FLUCTIN + XANAX
Pro: Ausgeglichenheit, Dauergrinsen
Contra: Debilität

Kombi: GASTROPLEX + DEROXAT
Pro: Schmerzfreiheit in jeglicher Hinsicht
Contra: Zweifel an der eigenen Existenz

Kombi: LIPITOR + ZOLOFT
Pro: verbesserte Atmung und Blutzirkulation
Contra: Kontrollverlust im Verdauungstrakt

Die Abhängigkeit von verschreibungspflichtigen Medikamenten ist in Ihrem Alter eines der letzten Vergnügen und somit ein Muss. Und nur weil es sich hierbei um zugelassene Medikamente handelt, sind sie noch lange nicht langweilig – besonders dann nicht, wenn Sie sie in wohlgewählten Kombinationen einnehmen. Die nachfolgenden Kombimöglichkeiten helfen Ihnen dabei, chemische Glückseligkeit zu erlangen.

Kombi: XANAX + GASTROPLEX
Pro: klares, sodbrennenfreies Denken
Contra: surreale Taubheit der Extremitäten

Kombi: RITALIN + VALIUM
Pro: Tiefenentspannung
Contra: angeheiterte Panikattacken

Kombi: ASPIRIN + PENIZILLIN
Pro: schmerzfreies Urinieren
Contra: kreidiger Nachgeschmack

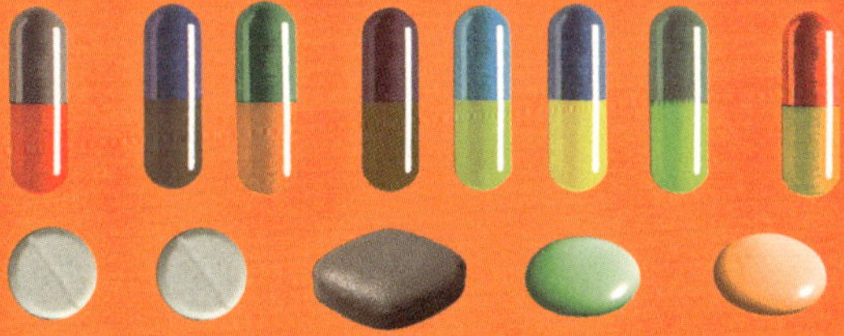

Kombi: Was Sie halt so im Apothekerschränkchen haben
Pro: überraschende Hochgefühle
Contra: hohe Wahrscheinlichkeit eines schnell eintretenden Todes

63: FANGEN SIE AN ZU SCHRUMPFEN!

Während die Pubertät von Wachstumsschüben gekennzeichnet sein kann, ist das Altern von kontinuierlichem Schrumpfen begleitet. Ihre Bandscheiben trocknen aus, Ihre Wirbel schmirgeln aufeinander. Mit 63 befinden Sie sich inmitten dieses Schrumpfungsprozesses. Verfolgen Sie ihn aufmerksam, und melden Sie jede sprunghafte Schrumpfung Ihrem Hausarzt!

64: DIE VERGANGENHEIT HOLT SIE EIN

Situation 1:
uneheliches Kind steht auf Ihrer Schwelle

Wie Sie damit umgehen: Leugnen Sie die Kenntnis seiner Existenz, v. a. im Beisein Ihrer Gattin. Lassen Sie erst die Hosen runter, wenn Sie mit einem Vaterschaftstest konfrontiert werden. Nehmen Sie das Kind schließlich als Ihres an, es sei denn, es ist nur gekommen, um Geld für Drogen zu schnorren. In einem solchen Fall verstoßen Sie es sofort wieder.

Situation 2:
tot geglaubter Verwandter steht auf Ihrer Schwelle

Wie Sie damit umgehen: Starren Sie ihn ca. zehn Sekunden mit offenem Mund an, und stammeln Sie dann: *Aber das ist unmöglich …* Umarmen Sie ihn schließlich, weinen Sie, und lauschen Sie in den nächsten Stunden seiner absolut unglaubwürdigen Erklärung, wie er sich ans Ufer retten konnte/durch die Regierung bionisch wiederhergestellt wurde.

Irgendwann im Leben holt einen die Vergangenheit ein. Am wahrscheinlichsten geschieht dies mit 64 Jahren. Sie haben zwar fast schon das Rentenalter erreicht, aber Sie sind immer noch jung genug, um mit einer Krisensituation umgehen zu können. Hier sind die vier gängigsten Krisen, mit denen Sie jetzt rechnen sollten.

Situation 3:
Erzfeind, den Sie ein für alle Mal aus dem Weg geräumt zu haben glaubten, steht auf Ihrer Schwelle

Wie Sie damit umgehen: Starren Sie ihn mit offenem Mund an, und stammeln Sie: *Aber das ist unmöglich …* Bemerken Sie nun die Waffe, die auf Ihr Herz gerichtet ist. Lassen Sie sich fesseln und knebeln, während Ihr Erzfeind erzählt, was er nun mit Ihnen vorhat. *Überspringen Sie die nächsten Abschnitte dieses Buches, und schlagen Sie direkt Lebensjahr 86 auf!*

Situation 4:
kryptische Äußerung eines Unbekannten löst in Ihnen durch Sowjets unterbewusst programmiertes Schläfer-Attentatsprogramm aus

Wie Sie damit umgehen: Ihr Blick wird glasig, Sie greifen nach dem zweiteiligen Sturmgewehr, verabschieden sich robotermäßig von Ihren Liebsten und begeben sich auf dem schnellsten Weg nach Washington.

65: GEHEN SIE IN RENTE!

So gut meint es Ihr Chef wirklich mit Ihnen!

Art der goldenen Uhr:	*garantiert goldfrei*	*im 100er-Pack gekauft*
Wert:	5–30 €	30–100 €
Was Ihr Vorgesetzter Ihnen mit auf den Weg geben will:	»Ehrlich gesagt dachten wir, Sie wären längst tot.«	»Es war billiger, Sie bis zur Rente zu behalten, als Sie zu feuern.«
Adäquate Antwort:	Brennen Sie das Firmengelände nieder!	Zerkratzen Sie den Dienstwagen Ihres Chefs.

Wenn Sie viel Dusel und einen frühen Geburtsjahrgang haben, können Sie heuer in Rente gehen. Glückwunsch! Womöglich wird Ihr Arbeitgeber sich mit einer der folgenden goldenen Uhren für Ihren Einsatz erkenntlich zeigen.

Schweizer Modell	*Rolex*	*Gefälschte Rolex*
100–300 €	10 000–50 000 €	1–25 €
»Danke für 40 Jahre harte Arbeit. Und jetzt fort mit Ihnen!«	Der kleine Steuerbetrug bleibt unter uns, okay?	»Wir sind so gut wie pleite, vergessen Sie also Ihre Betriebsrente.«
Zeigen Sie ein bitteres Lächeln.	Zeigen Sie ein mildes Lächeln.	Zeigen Sie den Steuerbetrug an.

66: EINE SEEFAHRT, DIE IST LUSTIG'

Eine Kreuzfahrt ist das größte Glück aller Rentner. Haben Sie nicht auch schon lange davon geträumt? Nun ist es endlich so weit! Verbringen Sie die kommenden sechs Monate mit Ihrem Ehepartner und diversen Gleichgesinnten in der Karibik. Viel Vergnügen!

Überlebensregeln für den Fall, dass die Kreuzfahrt ein abruptes Ende nimmt und Sie sich ohne Proviant in einem Rettungsboot wiederfinden:

1. Warten Sie zumindest bis zur nächsten Essenszeit, bevor Sie übereinander herfallen!
2. Stellen Sie sicher, dass auch wirklich kein Pausenbrot in irgendeiner Ecke des Rettungsbootes liegt!
3. Der Kapitän wird zuerst verspeist als Strafe dafür, dass er den Kreuzer hat untergehen lassen.
4. Ziehen Sie Streichhölzchen, um den Nächsten auf dem Speiseplan zu wählen!
5. Wenn niemand Streichhölzer eingepackt hat, wird der Dickste unter Ihnen als Nächstes verspeist.
6. Im Streitfall ist der Dickste derjenige, der ebendas am heftigsten von sich weist.
7. Verspeisen Sie ihn nicht auf einmal! Eine Gliedmaße pro Tag erhöht seine Überlebenschance, und sein anhaltendes Geschrei könnte überdies Retter auf Sie aufmerksam machen.
8. Verhindern Sie, dass Ihr Auserwählter an sich selbst herumknabbert. Das ist schlicht eklig.
9. Versuchen Sie, die Leber zu ergattern! Leber ist nahrhaft. Dafür ist die Lunge ungenießbar.
10. Sollten Sie als Nächstes an der Reihe sein, erklären Sie diese 10 Regeln für null und nichtig!

Führen Sie diese Seite (wenn schon nicht das ganze Buch) für den Notfall immer bei sich!

67: SCHREIBEN SIE IHRE AUTOBIOGRAFIE!

In Ihrem Alter sollten Sie beginnen, Ihren Erfahrungsschatz mit anderen zu teilen. Man wird Ihnen dankbar sein für die Perlen Ihres Wissens, die Sie in unermüdlichen, gefährlichen Selbstversuchen errungen haben. Anbei einige Titelvorschläge, an denen Sie sich orientieren können. Wählen Sie denjenigen, der am besten zu Ihrem Leben passt!

1 Das langweilige Leben

Widmen Sie Ihr Buch »Meiner Familie, meinen Freunden und meinen Kollegen«

2 Das ereignisreiche Leben

Widmen Sie Ihr Buch »Arnie, Paris, Tiger, Madonna, Woody, Keanu, Hillary, Kofi und Osama«

3 Das Familienleben

Widmen Sie Ihr Buch »Susi, Charlie, Jens, Bernd, Sophie, Emma, Billy und Thomas«

4 Das Arbeitsleben

Widmen Sie Ihr Buch »Arthur M. Mecklenburger III., dem erfolgreichsten aller Geschäftsführer von Fortune 500«

5 Das Leben in der Gosse

Widmen Sie Ihr Buch »Meinem besten Kumpel, Jim Beam«

6 Das gescheiterte Leben

7 Das religiöse Leben

Widmen Sie Ihr Buch »Den reuigen Sündern«

8 Das glückliche Leben

Widmen Sie Ihr Buch »Einem jeden, dem ich begegnet bin. Ihr wart großartig!«

68: ZIEHEN SIE ANS MEER!

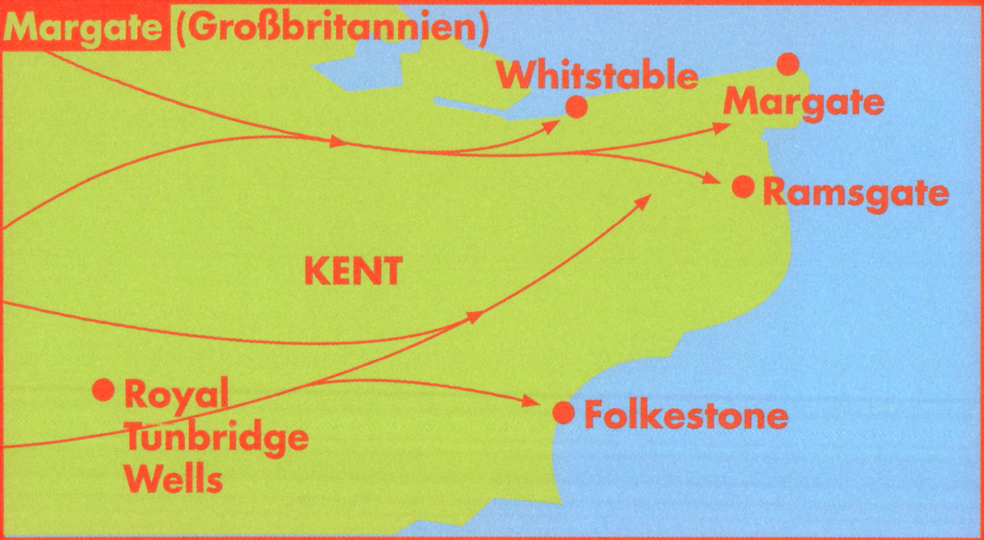

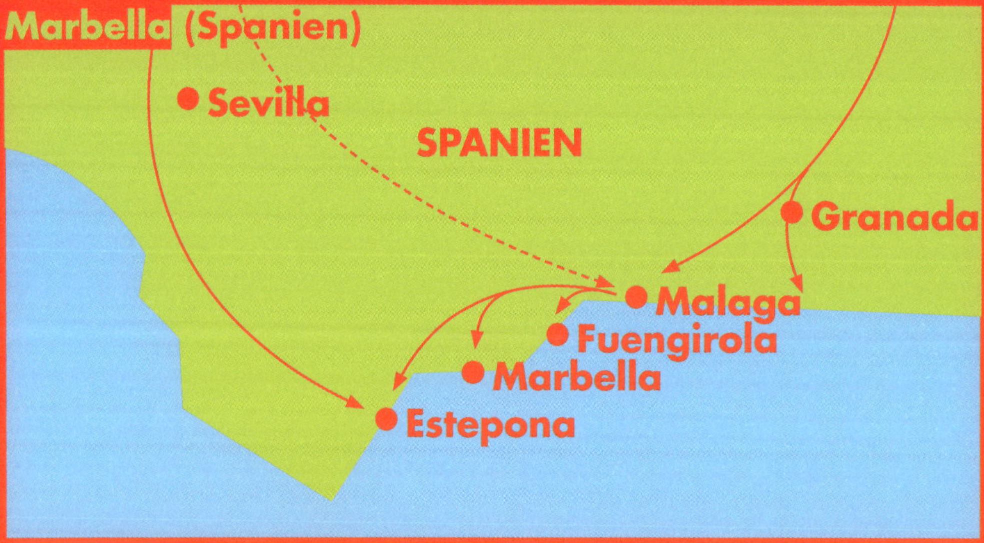

Wenn man ein gewisses Alter erreicht, zieht es einen instinktiv in wärmere, angenehmere Gefilde; ein bisschen so wie Elefanten, wenn sie ihre legendären Friedhöfe aufsuchen. Packen Sie die Koffer, und folgen Sie einem der zahlreichen Pfade, die bereits unzählige 68-Jährige vor Ihnen ausgetreten haben.

Miami (USA)

69: ZURÜCK AUF LOS!

Jobs, in denen Ihr Alter von Vorteil ist:

Auch ein Rentner kann nicht jahrelang tagaus, tagein angeln oder golfen, gärtnern oder Coupons aus der Stadtteilzeitung ausschneiden. Irgendwann wird Ihnen dabei langweilig, und Sie sehnen sich zurück in Ihr aktives Berufsleben. Aber Vorsicht: Nicht alle Jobs sind für Ihr Alter noch geeignet!

Jobs, in denen Ihr Alter von Nachteil ist:

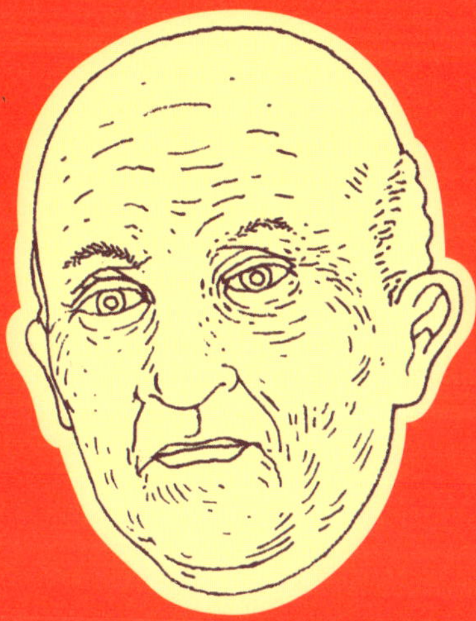

Bergmann

Türsteher

Disk Jockey

Callgirl

die 7

0er

70:
SIE SIND ALT!

Mit 70 gibt es keinen Zweifel mehr: Sie gehören nun offiziell jener armseligen Spezies an, die gemeinhin als »die Alten« bezeichnet wird. Mit der Dazugehörigkeit zu dieser Spezies sind Vor- und Nachteile verknüpft, vor allem jedoch bestimmte Klischees. Haken Sie die folgenden Eigenschaften ab, um sicherzustellen, dass Sie auch wirklich alt sind.

KLISCHEE 1 □
Fühlen Sie das Wetter in den Knochen!

KLISCHEE 2 □
Sprechen Sie mit wildfremden anderen Alten!

KLISCHEE 3 □
Werden Sie für alle unter 40 unsichtbar!

KLISCHEE 4 □
Backen Sie Törtchen, Kuchen und andere antiquierte Speisen!

KLISCHEE 5 □
Verstecken Sie Ihre Ersparnisse unter der Matratze!

KLISCHEE 6 □
Beginnen Sie jeden Satz mit: »Als ich so alt war wie Sie ...«

KLISCHEE 7 □
Kleiden Sie sich ausschließlich in Beige und Grau!

KLISCHEE 8 □
Legen Sie Wachspapier in Ihre Schubladen!

KLISCHEE 9 □
Gehen Sie am Stock!

KLISCHEE 10 □
Lassen Sie sich von Jüngeren bevormunden!

71: VERWÖHNEN SIE IHRE ENKEL!

Sofern sich Ihr Nachwuchs plangemäß reproduziert hat, springt inzwischen eine ganze Meute Enkelkinder um Sie herum. Verwöhnen Sie sie! Haben Sie im Wettlauf um ihre Sympathien die Nase vorn vor den Eltern – und natürlich auch vor den anderen Großeltern! Arbeiten Sie daran, zum Mittelpunkt im Leben Ihrer Enkel zu werden. Und vergessen Sie niemals: Im Krieg und in der Liebe ist alles erlaubt.

So versichern Sie sich der lebenslangen Zuneigung Ihrer Enkel

(Kekse pro Besuch)

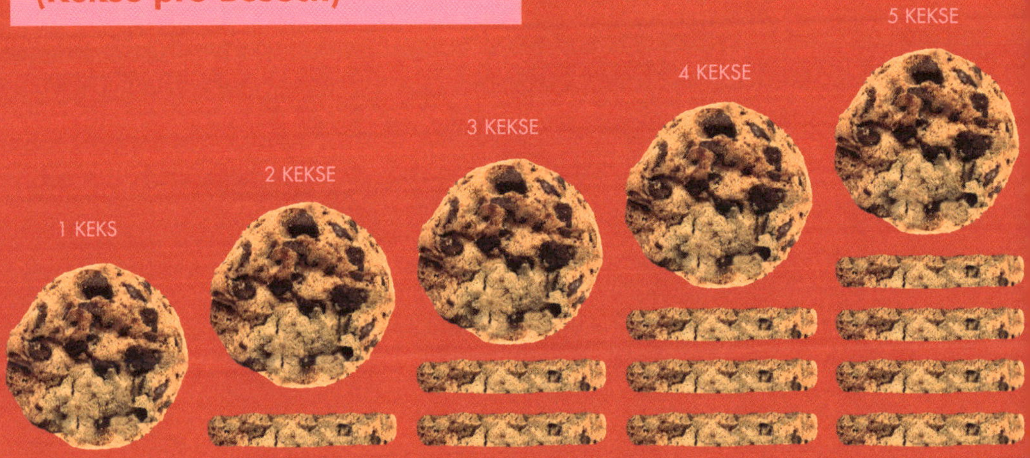

Enkel will stundenlang mit Ihnen Hoppe-Hoppe-Reiter spielen.

Enkel verabschiedet Sie mit einem dicken Kuss.

Enkel zieht Grimasse, wenn ein rivalisierendes Großelternteil ihn küssen will.

Enkel bekennt in aller Öffentlichkeit, dass er Sie seinen Eltern vorzieht.

Enkel erwähnt Sie in seiner Hochzeitsansprache.

SO VIELE KEKSE, BIS SIE KOTZEN
GANZE KEKSDOSE
8 KEKSE
7 KEKSE
6 KEKSE
Enkel benennt sein erstgeborenes Kind nach Ihnen.
Enkel weint sich bei Ihrer Beerdigung die Augen aus.
Enkel besucht Ihr Grab mindestens einmal im Jahr.
Enkel widmet Ihnen ein wichtiges Kapitel in seiner Autobiografie.
Enkel unterzieht sich einer jahrelangen Therapie, um endlich nicht mehr Kekse und Liebe gleichzusetzen.

72: ERINNERN SIE SICH, SOLANGE SIE ES NOCH KÖNNEN!

Früheste Erinnerung — **Alter: 0**

Details:

Hoppe-Hoppe-Reiter mit Papa — **Alter: 3**

Details:

Mamas trauriges Gesicht — **Alter: 4**

Details:

Bester Freund aus der Schule — **Alter: 6**

Details:

Zum ersten Mal verprügelt worden — **Alter: 7**

Details:

Mit dem Ernst des Lebens konfrontiert worden — **Alter: 8**

Details:

Mein schönstes Weihnachtsfest — **Alter: 9**

Details:

Erstes Mal verliebt in Lehrer — **Alter: 11**

Details:

Ihre Erinnerungen werden immer schemenhafter und vernebelter ... Nutzen Sie jetzt die Zeit, und notieren Sie sie, bevor die Demenz zuschlägt!

Mein erster Kuss **Alter: 14**

Details:..
....
....
....

Meine erste große Liebe **Alter: 17**

Details:..
....
....
....

Besichtigung des Eiffelturms **Alter: 22**

Details:..
....
....
....

Mein Hochzeitstag **Alter: 28**

Details:..
....
....
....

Mein erstes Kind **Alter: 30**

Details:..
....
....
....

Mein erster Totalschaden im Suff **Alter: 37**

Details:..
....
....

Scheidungspapiere unterschrieben **Alter: 46**

Details:..
....
....
....

Schlacht gegen Androiden auf Pluto geschlagen (womöglich falsch) **Alter: 49**

Details:..
....
....

73: SEIEN SIE DANKBAR!

Urmensch
(ca. 13 000 v.u.Z.)

Lebenserwartung: 23

SEIEN SIE DANKBAR: dass Sie nicht von einem jungsteinzeitlichen Rowdy erschlagen wurden; dass Sie nicht von einem Dino aufgefressen wurden.

Griechischer Sklave
(ca. 500 v.u.Z.)

Lebenserwartung: 26

SEIEN SIE DANKBAR: dass Sie nicht von einem Sklavenhalter totgepeitscht wurden; dass Sie nicht an die Skythen verkauft wurden.

Früher Christ
(ab ca. 35 n.u.Z.)

Lebenserwartung: 29

SEIEN SIE DANKBAR: dass Sie nicht gekreuzigt wurden; dass Sie nicht den Löwen zum Fraß vorgeworfen wurden.

Wikinger
(ca. 800)

Lebenserwartung: 32

SEIEN SIE DANKBAR: dass Sie nicht mit der Streitaxt ermordet wurden; dass andere Wikinger nicht Grog aus Ihrem Schädel getrunken haben.

Sie können sich glücklich schätzen, in Ihrem fortgeschrittenen Alter immer noch am Leben zu sein. In früheren Zeiten wären Sie jetzt schon tot. Seien Sie also dankbar für jeden Tag, der Ihnen geschenkt ist. Hier ein paar unserer Vorfahren, die es nicht so gut hatten.

Mittelalterlicher Bauer
(ca. 1200)

Lebenserwartung: 34

SEIEN SIE DANKBAR: dass Sie nicht von den Wikingern abgeschlachtet wurden; dass Sie nicht der Pest zum Opfer gefallen sind.

Amerikanischer Ureinwohner (ca. 1600)

Lebenserwartung: 38

SEIEN SIE DANKBAR: dass Sie nicht von Kolonisten massakriert wurden; dass Sie an keiner dieser elenden europäischen Kinderkrankheiten verreckt sind.

Bergmann in der Industriellen Revolution (ca.1880)

Lebenserwartung: 43

SEIEN SIE DANKBAR: dass Sie nicht unter Tage erstickt sind; dass Sie nicht erschossen wurden, weil Sie gegen die unmenschlichen Arbeitsbedingungen gestreikt haben.

afrikanischer Säugling
(ca. 2000)

Lebenserwartung: 23

SEIEN SIE DANKBAR: dass Sie nicht verhungert sind; dass Sie in keinem sinnlosen Bürgerkrieg zum Vollwaisen wurden.

74: UNWÜRDIG ALTERN

Ein Riesenvorteil am Altern ist, dass Sie sich nicht mehr wie ein normaler Erwachsener benehmen müssen. Wenn Sie sich danebenbenehmen, wird man es der zunehmenden Senilität zuschreiben und es Ihnen verzeihen. Besonders berechnende Rentner kommen jetzt sogar mit einem Mord davon. Sie werden sehen: Danebenbenehmen hält jung!

1. AUTOFAHREN
Routinierte Rentner befahren jetzt bevorzugt die falsche Straßenseite. Dort hat man den entgegenkommenden Verkehr einfach besser im Blick.

2. PARKPLATZSUCHE
Mit 74 fahren Sie vermutlich einen Kleinwagen. Damit kann man einer Vorstadtmutti mit Geländewagen leichter den Parkplatz vor der Nase wegschnappen.

3. MEINUNGSÄUSSERUNG
Die wenigsten Mitmenschen möchten einem Alten Gewalt antun. Sie sind also auf der sicheren Seite, wenn Sie fremde Leute anschreien (auch fluchende Vorstadtmuttis in Geländewagen). Unterstreichen Sie Ihren Standpunkt, indem Sie die Faust ballen!

4. SHOPPING
Mit 74 wissen Sie genau, dass Sie nicht immer für alles zahlen müssen. Ladendiebstahl ist ohnehin nur ein anderes Wort für Vergesslichkeit.

5. ALKOHOL
Gönnen Sie sich im Auto ein paar ordentliche Schlucke aus der Whiskey-Flasche, die Sie haben mitgehen lassen. Ihr Fahrstil wird auf diese Weise weniger hektisch.

6. ZWISCHENMENSCHLICHES
Besuchen Sie unangemeldet Verwandte, die sich nicht bei Ihnen melden. Steigern Sie ihre Schuldgefühle mit dem klassischen Satz: »Ich wünschte mir, ich wäre schon tot.«

7. FREIZEIT
Mag sein, dass Ihr Gehör nachlässt. Prüfen Sie die Stärke Ihrer Fernseh-Lautsprecher. Wenn Sie immer noch die Nachbarn an die Wand poltern hören, ist der Fernseher zu leise.

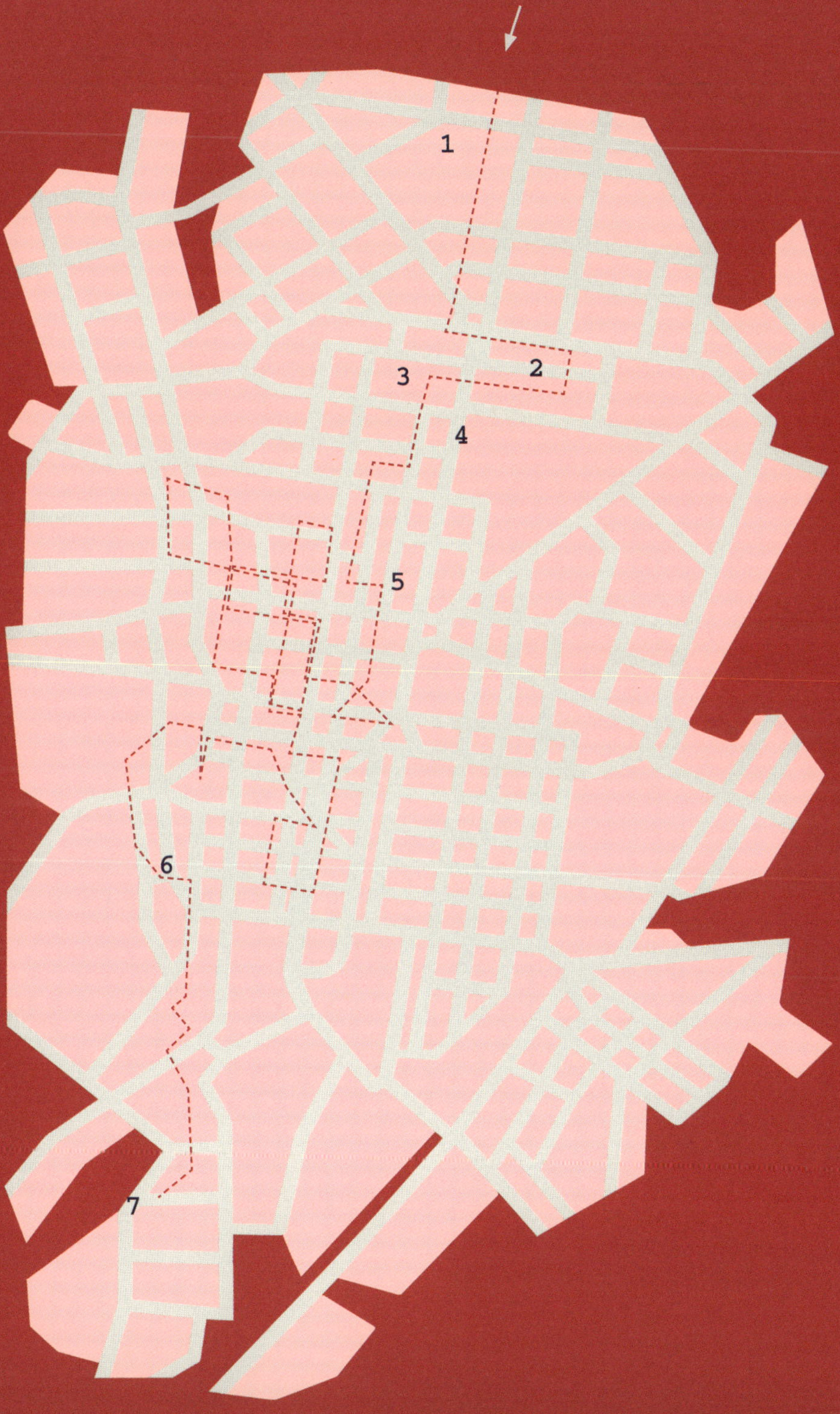
1
2
3
4
5
6
7

75: DIE THREEQUARTER-LIFE-CRISIS

Frank Lloyd Wright (1867–1959)
entwarf das Guggenheim-Museum mit 80.

Wegweisendes Gebäude,
das ich noch entwerfen werde:

....

....

....

....

Winston Churchill (1874–1965)
wurde zum zweiten Mal britischer Premierminister mit 77.

Wichtiger öffentlicher Posten, den ich noch einnehmen werde:

....

....

....

....

Die Threequarterlife-Crisis ist das Pendant zur Quarterlife-Crisis (s. Alter 25). Mit 75 sollten Sie kritisch hinterfragen, ob Sie auch wirklich alles aus Ihrem bisherigen Leben gemacht haben. Wenn nicht – keine Sorge. Nehmen Sie sich ein Beispiel an den folgenden Persönlichkeiten, die auch im hohen Alter noch Großes geleistet haben. Nehmen Sie sich für die nächsten Jahre Entsprechendes vor!

Grandma Moses (1860–1961)
verkaufte ihr erstes Bild mit 80.

Bahnbrechendes Gemälde, das ich noch malen werde:

....

....

....

....

Johann Wolfgang von Goethe (1749–1832)
beendete den zweiten Teil seines *Faust* mit 81.

Meisterwerk der Weltliteratur, das ich noch schreiben werde:

....

....

....

....

76:
HEIRATEN SIE NOCH MAL!

Mit 76 ist der richtige Zeitpunkt, um sich noch einmal zu verlieben. Seit Ihrer schmutzigen Scheidung (s. Alter 46) wissen Sie nur zu genau, was zum Scheitern einer Beziehung führt. Sie haben keine familiären und beruflichen Verpflichtungen mehr – und noch 24 Jahre vor sich! Genießen Sie die Vorzüge eines gereiften Partners!

Was tun, wenn ich immer noch mit meinem alten Partner verheiratet bin? – In diesem unwahrscheinlichen Fall erneuern Sie einfach Ihr Eheversprechen.

77: PLANEN SIE IHRE BEERDIGUNG!

Ich möchte beerdigt werden. ☐

Material:

Mahagoni...... ☐ Walnuss......... ☐ Kirschholz..... ☐ Rostfr. Stahl... ☐ Bronze........... ☐ Kupfer........... ☐ Titan.............. ☐

Stil:

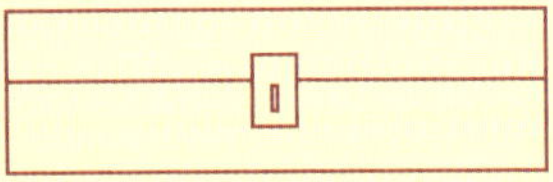

Schlicht ☐

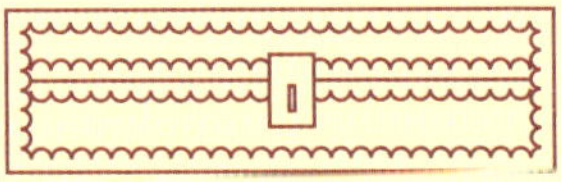

Geschmackvoll dekoriert ☐

Kitschig ☐

Marke:......................................

Friedhof:

1. Wahl:..
2. Wahl:..
3. Wahl:..

Preissegment:

100-500 € ☐
500-1 000 € ☐
1 000-3 000 € ☐
3 000-10 000 € ☐
10 000 € u. mehr ☐

Gewünschte Inschrift auf meinem Grabstein:

....
....
....
....

Musik Ja ☐ Nein ☐

Klassisch................................ ☐
Rock...................................... ☐
Jazz...................................... ☐
Country/Folk.......................... ☐
Hip-Hop................................. ☐

Besondere Wünsche:

....
....
....
....

Gäste Ja ☐ Nein ☐

Bitte einladen:

....
....
....
....
....
....
....
....
....

Bitte nicht einladen:

....
....
....
....
....
....
....
....
....

Glückwunsch! Sie haben das durchschnittliche Lebensalter von 77 erreicht. Obgleich Sie vermutlich noch ein paar Jährchen vor sich haben, geht's von nun an bergab. Bereiten Sie sich auf Ihr Ende vor, überlassen Sie dabei nichts dem Zufall. Stellen Sie sich aus den folgenden Möglichkeiten Ihr Traumbegräbnis zusammen.

Ich möchte eingeäschert werden. ☐

Temperatur:

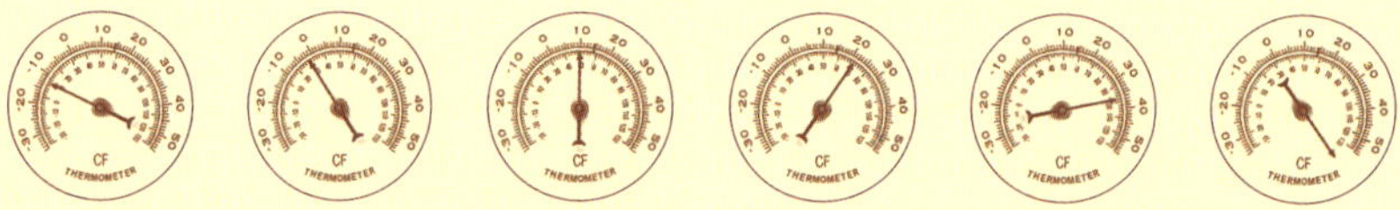

1 000°C ☐ 1 200°C ☐ 1 400°C ☐ 1 600°C ☐ 1 800°C ☐ 2 000°C ☐

Dauer:

1 Std. ☐
2 Std. ☐
3 Std. ☐
4 Std. ☐
5 Std. ☐

Ich will in eine Urne. ☐

Die Urne soll aufbewahrt werden:

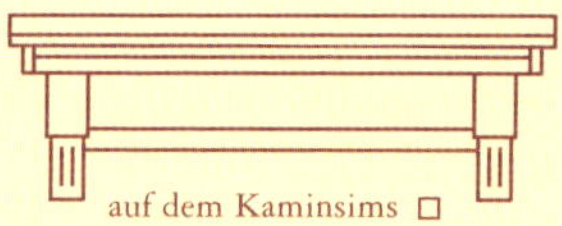

auf dem Kaminsims ☐

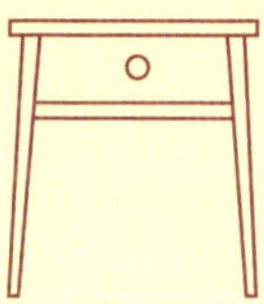

auf dem Nachttisch ☐

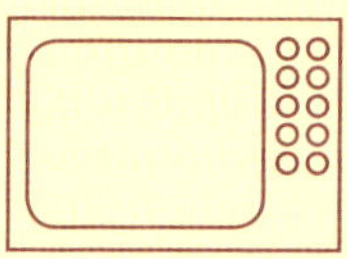

auf dem Fernseher ☐

andernorts:..

Meine Asche soll verstreut werden. ☐

Wo:

Atlantik ☐

Pazifik ☐

Mittelmeer ☐

Meer:..
Fluss:..
See:..
Teich:..
Sonstiges:..

Geistlicher Ja ☐ Nein ☐

Lieber Geistlicher,
behaupten Sie bitte, ich wäre jetzt:
im Himmel.......................... ☐
in der Hölle.......................... ☐
im Fegefeuer.......................... ☐
LÄNGE DER TRAUERFEIER
2 Std. ☐ 1 Std. ☐ 20 min ☐
SARGTRÄGER
Anzahl : 2 ☐ 4 ☐ 6 ☐ 8 ☐ 10 ☐

Blumen Ja ☐ Nein ☐

Sorte: ....
....
....
....
....
Bekannte Allergien:..................
....
....
....
....

Generelle Stimmung

Traurig.............................. ☐
Feierlich.............................. ☐
Erleichtert.............................. ☐
Sonstige:..............................
....

WEINEN
Ja.............................. ☐
Nein.............................. ☐
Nur Witwe und Kinder......... ☐

78:
DAS GROSSE COMEBACK!

In jüngster Zeit scheint es zunehmend akzeptabel, auch im hohen Alter noch Rocker zu sein. Zahllose alternde Rockstars stellen dies täglich unter Beweis. Versuchen Sie, die Mitglieder Ihrer alten Teenie-Band wiederzufinden, und überreden Sie sie, auf Ihre alten Tage noch mal gemeinsam auf Tour zu gehen!

BANDMITGLIEDER*

SÄNGER

Name:..

Zuletzt gesehen:..

Letzte bekannte Anschrift:..

....

Lebt noch? Ja ☐ Nein ☐ Gesundheitszustand: mobil ☐ immobil ☐

Derzeitige Anschrift:..

....

Interessiert an Comeback? Ja ☐ Nein ☐ Erinnert sich nicht ☐

GITARRIST

Name:..

Zuletzt gesehen:..

Letzte bekannte Anschrift:..

....

Lebt noch? Ja ☐ Nein ☐ Gesundheitszustand: mobil ☐ immobil ☐

Derzeitige Anschrift:..

....

Interessiert an Comeback? Ja ☐ Nein ☐ Erinnert sich nicht ☐

BASSIST

Name:..

Zuletzt gesehen:..

Letzte bekannte Anschrift:..

....

Lebt noch? Ja ☐ Nein ☐ Gesundheitszustand: mobil ☐ immobil ☐

Derzeitige Anschrift:..

....

Interessiert an Comeback? Ja ☐ Nein ☐ Erinnert sich nicht ☐

SCHLAGZEUGER

Name:..

Zuletzt gesehen:..

Letzte bekannte Anschrift:..

....

Lebt noch? Ja ☐ Nein ☐ Gesundheitszustand: mobil ☐ immobil ☐

Derzeitige Anschrift:..

....

Interessiert an Comeback? Ja ☐ Nein ☐ Erinnert sich nicht ☐

KEYBOARDER

Name:..

Zuletzt gesehen:..

Letzte bekannte Anschrift:..

....

Lebt noch? Ja ☐ Nein ☐ Gesundheitszustand: mobil ☐ immobil ☐

Derzeitige Anschrift:..

....

Interessiert an Comeback? Ja ☐ Nein ☐ Erinnert sich nicht ☐

TAMBURINIST

Name:..

Zuletzt gesehen:..

Letzte bekannte Anschrift:..

....

Lebt noch? Ja ☐ Nein ☐ Gesundheitszustand: mobil ☐ immobil ☐

Derzeitige Anschrift:..

....

Interessiert an Comeback? Ja ☐ Nein ☐ Erinnert sich nicht ☐

TRIANGLIST

Name:..

Zuletzt gesehen:..

Letzte bekannte Anschrift:..

....

Lebt noch? Ja ☐ Nein ☐ Gesundheitszustand: mobil ☐ immobil ☐

Derzeitige Anschrift:..

....

Interessiert an Comeback? Ja ☐ Nein☐ Erinnert sich nicht ☐

SONSTIGES

Name:..

Zuletzt gesehen:..

Letzte bekannte Anschrift:..

....

Lebt noch? Ja ☐ Nein ☐ Gesundheitszustand: mobil ☐ immobil ☐

Derzeitige Anschrift:..

....

Interessiert an Comeback? Ja ☐ Nein ☐ Erinnert sich nicht ☐

* vgl. Alter 16

79: DAMALS IM KRIEG

1. Weltkrieg

Wann? 1914-1918
Wo? Welt
Warum? Fieses Thronfolge-Gemetzel
Wie heftig? 9/10
Was dann? Triumphaler Sieg der Freiheit und Demokratie

Glaubwürdige Anekdote: *»Wir hatten sechs Monate im Schützengraben gelegen, als endlich das Signal ertönte. Befreiter Jubel brach aus, wir alle stürmten hinaus, und dann haben die verdammten Deutschen alle miteinander umgemäht – bis auf mich.«*

2. Weltkrieg

Wann? 1939-1945
Wo? Welt
Warum? Fiese Nazi-Allmachtsfantasien
Wie heftig? 8/10
Was dann? Triumphaler Sieg der Freiheit und Demokratie

Glaubwürdige Anekdote: *»Wir landen also in der Normandie. In nur Bruchteilen von Sekunden gehen die Minen hoch. Wir rennen wie die Weltmeister – aber die Scharfschützen haben uns ins Visier genommen. Alle sind draufgegangen – nur ich nicht.«*

Koreakrieg

Wann? 1950-1953
Wo? Koreanische Halbinsel
Warum? Fiese Kommunisten-Allmachtsfantasien
Wie heftig? 4/10
Und dann? Beinah triumphaler Sieg der Freiheit und Demokratie

Glaubwürdige Anekdote: *»Fünf Tage lang sind wir durch die Berge in Richtung Chisan marschiert. Als wir endlich am Ufer des Pukhan ankamen, haben die Schlitzaugen das Feuer eröffnet und das ganze Bataillon umgenietet – nur ich bin davongekommen.«*

Vietnamkrieg

Wann? 1961-1973
Wo? Südostasien
Warum? Fiese Kommunisten-Allmachtsfantasien
Wie heftig? 6/10
Und dann? Schmachvoller Rückzug der U.S.-Truppen

Glaubwürdige Anekdote: *»Wir konnten sie geradezu riechen. Sie waren da draußen und warteten nur darauf, uns in den Hinterhalt zu locken. Also haben wir unsere Bomber gerufen. Sie sollten den ganzen verdammten Dschungel plattmachen. Dabei haben sie uns erwischt. Alle sind draufgegangen – nur ich hab's rausgeschafft.«*

In Ihrem Alter sollten Sie eigentlich ein paar erbauliche Anekdoten aus ein oder zwei Kriegen erzählen können. Falls nicht, tun Sie doch einfach so, als wären Sie bei einem der folgenden Feldzüge dabei gewesen. Gerne auch auf der gegnerischen Seite, wenn es Sie besser aussehen lässt.

Für die Damen unter Ihnen: Eine der am härtesten erkämpften Errungenschaften des vergangenen Jahrhunderts ist es, dass auch Frauen qualvoll für ihr Land sterben dürfen. Lassen also auch Sie die Zuhörer an Ihren Tollkühnheiten teilhaben. Je länger der Krieg zurückliegt, von dem Sie erzählen, umso eher sollten Sie sich allerdings auf die Rolle als Ambulanzfahrerin oder Lazarettschwester verlegen.

Kalter Krieg

Wann? 1945-1989
Wo? Welt
Warum? Fiese Kommunisten-Allmachtsfantasien
Wie heftig? 2/10
Und dann? Triumphaler Sieg der Freiheit und Demokratie

Glaubwürdige Anekdote: *»Unsere Tarnung war aufgeflogen. Wir mussten aus Bratislava verschwinden, und zwar schleunigst. Unsere Mittelsmänner vor Ort brachten uns auf einem Kohlefrachter nach Wien unter, aber der KGB setzte uns nach und folterte alle zu Tode – außer mich.«*

Falklandkrieg

Wann? 1982
Wo? Südatlantik
Warum? Fiese Militärdiktatoren-Fantasien
Wie heftig? 5/10
Und dann? Sieg der Freiheit und Demokratie

Glaubwürdige Anekdote: *»Wir hatten uns irgendwo im Gestrüpp auf Darwin Hill versteckt. Auf einmal flog ein argentinischer Kampfbomber ganz dicht über unsere Köpfe. Ich warf eine Granate in die Luft und holte den Bomber damit vom Himmel. Leider hat keiner meiner Kameraden überlebt, sonst würden sie die Geschichte bestätigen.«*

Golfkrieg

Wann? 1991
Wo? Kuwait, Irak
Warum? Fiese Fantasien von Saddam Hussein
Wie heftig? 2/10
Und dann? Triumphaler Sieg der Freiheit und Demokratie

Glaubwürdige Anekdote: *»Wir waren in unserem Tarnkappenbomber auf dem Rückweg vom Regierungsviertel in Bagdad, als eine Boden-Luft-Rakete uns traf. Ich löste die Schleudersitze aus. Wir landeten so weit verstreut mitten in der Wüste, dass wir uns aus den Augen verloren. Von den anderen hat es keiner zurück ins Basiscamp geschafft.«*

Irakkrieg

Wann? seit 2003
Wo? Irak
Warum? Böse Achsen-Fantasien
Wie heftig? 5/10
Und dann? k. A. (bislang unklar, ob triumphaler Sieg der Freiheit und Demokratie oder schmachvoller Rückzug der U.S.-Truppen)

Glaubwürdige Anekdote: *k. A. (Warten Sie mit Anekdoten, bis die Lage eindeutig geklärt ist!)*

die 8

0er

80: VOLLES RISIKO

Ex-U.S.-Präsident George Bush senior an seinem 80. Geburtstag. Er hat inzwischen sogar seinen 85. mit einem Fallschirmsprung begangen. Und was ein Bush kann, das können Sie schon lange!

Sie haben das 81. Lebensjahr erreicht und spätestens jetzt nichts mehr zu verlieren. Warum also nicht Kopf und Kragen bei irgendeinem adrenalingeschwängerten Extremsport riskieren? So können Sie an dem Tag, da Sie vor Ihren Schöpfer treten, zumindest mit irgendetwas angeben!

JETZT BUCHEN!
Fallschirmsprung
Telefon 278 52 71

JETZT BUCHEN!
Gleitschirmflug
Telefon 261 13 22

JETZT BUCHEN!
Bungee-Sprung
Telefon 30 05 28

JETZT BUCHEN!
Straßenrodeln
Telefon 75 08 46

JETZT BUCHEN!
Base-Jumping
(unsere Versicherung sagt: keine Kontaktaufnahme empfehlen)

81: ALT UND STOLZ DARAUF!

Boykottieren Sie die kapitalistische Wirtschaftsordnung! Ihr Wahlspruch: Mehr Rentner in die Werbung!

Weg mit den hirnlosen Teenie-Idolen!

Ihnen ist sicher schon längst aufgefallen, dass die Gesellschaft durch und durch altersfeindlich ist. Von der Werbung, in der nur knackige Unter-35-Jährige herumhüpfen, bis hin zu Internetseiten mit mickrig kleiner Schrift, die kein Mensch mehr lesen kann: Die Welt um Sie herum ist auf Jugend gebürstet. Treten Sie für Ihre Rechte ein! Leisten Sie öffentlich Widerstand!

Sabotieren Sie
die Produktion
von Anti-Ageing-
Kosmetik!

Rauben Sie eine
Bank aus, und
legen Sie das
Geld für eine
höhere Rente
an!

Legen Sie
Schönheits-
kliniken in
Schutt und
Asche!

Foltern Sie Fernseh-
intendanten, bis sie
nicht mehr nur für 18-
bis 34-Jährige senden!

Das Alter wird nur dann respektiert werden, wenn es um seine Rechte kämpft. *Cicero*

82: SINNLOSE SAMMLUNGEN

Es ist nie zu spät, ein neues Hobby zu beginnen. Fangen Sie mit 82 an zu sammeln! Ihre Familie wird Sie darin sicherlich gerne unterstützen, v. a. weil es ihr so leichter fallen wird, ein passendes Weihnachtsgeschenk für Sie zu finden. Hier ein paar Anregungen – natürlich dürfen Sie auch andere Dinge sammeln, aber denken Sie immer daran: Je schrulliger, umso besser!

Schrulligkeitsfaktor

Briefmarken	1/5
Anstecker	2/5
Eierbecher	4/5
Kaffeebecher	3/5
Streichholzschachteln	3/5
Engel	3/5
Untersetzer	2/5
Münzen	1/5
Fingerhüte	4/5
Muscheln	2/5
Spielzeugtraktoren	5/5
Badekappen	5/5

83: ENTERBEN SIE IHRE UNDANKBARE VERWANDTSCHAFT!

Sie wollen Ihren Ehepartner enterben?
Das klingt leider einfacher, als es ist – Stichwort: Pflichtteilsrecht. Aber Sie können es ja mal probieren.

EHEGATTE
Ich, ..., erkläre hiermit im Vollbesitz meiner geistigen Kräfte, dass ich meinen Ehegatten von meinem Erbe ausschließen will.
Name des Ehegatten:..
Grund:..
Unterschrift:............................ Datum:.............
Zeuge:..

EHEGATTE Nr. 2
Ich, ..., erkläre hiermit im Vollbesitz meiner geistigen Kräfte, dass ich meinen zweiten Ehegatten von meinem Erbe ausschließen will.
Name des Ehegatten:..
Grund:..
Unterschrift:............................ Datum:.............
Zeuge:..

EHEGATTE Nr. 3
Ich, ..., erkläre hiermit im Vollbesitz meiner geistigen Kräfte, dass ich meinen dritten Ehegatten von meinem Erbe ausschließen will.
Name des Ehegatten:..
Grund:..
Unterschrift:............................ Datum:.............
Zeuge:..

EHEGATTE Nr. 4
Ich, ..., erkläre hiermit im Vollbesitz meiner geistigen Kräfte, dass ich meinen vierten Ehegatten von meinem Erbe ausschließen will.
Name des Ehegatten:..
Grund:..
Unterschrift:............................ Datum:.............
Zeuge:..

Sie wollen Ihre Kinder enterben?
Etwas leichter geht es schon mit dem eigenen Nachwuchs. Sie sollten ihn in Ihrem Testament allerdings ausdrücklich enterben, sonst glaubt das Gericht noch, Sie hätten ihn nur vergessen.

SOHN Nr. 1
Ich, ..., erkläre hiermit im Vollbesitz meiner geistigen Kräfte, dass ich meinen Sohn von meinem Erbe ausschließen will.
Name des Sohnes:...
Grund:..
Unterschrift:............................... Datum:.............
Zeuge:..

SOHN Nr. 2
Ich, ..., erkläre hiermit im Vollbesitz meiner geistigen Kräfte, dass ich meinen Sohn von meinem Erbe ausschließen will.
Name des Sohnes:...
Grund:..
Unterschrift:............................... Datum:.............
Zeuge:..

TOCHTER Nr. 1
Ich, ..., erkläre hiermit im Vollbesitz meiner geistigen Kräfte, dass ich meine Tochter von meinem Erbe ausschließen will.
Name der Tochter:..
Grund:..
Unterschrift:............................... Datum:.............
Zeuge:..

TOCHTER Nr. 2
Ich, ..., erkläre hiermit im Vollbesitz meiner geistigen Kräfte, dass ich meine Tochter von meinem Erbe ausschließen will.
Name der Tochter:..
Grund:..
Unterschrift:............................... Datum:.............
Zeuge:..

Es gibt kaum eine größere Freude als die Enterbung der lieben Verwandtschaft, die Ihnen einfach nie genug Aufmerksamkeit geschenkt hat. Probieren Sie es aus! Stellen Sie dabei unbedingt sicher, dass Ihr Testament wasserdicht ist, damit die Hinterbliebenen es nicht anfechten können. Füllen Sie die u. s. Formulare aus, um unerfreuliche Gerichtsverfahren nach Ihrem Tod zu vermeiden.

Sie wollen Ihre Enkel enterben?

Die Enkel zu enterben, wird gemeinhin als niederträchtig empfunden, aber wenn sie's nun mal nicht anders verdienen? Nur zu!

ENKEL Nr. 1

Ich, ..., erkläre hiermit im Vollbesitz meiner geistigen Kräfte, dass ich meinen Enkel von meinem Erbe ausschließen will.

Name des Enkels:...

Grund:...

Unterschrift:............................... Datum:............

Zeuge:...

ENKEL Nr. 2

Ich, ..., erkläre hiermit im Vollbesitz meiner geistigen Kräfte, dass ich meinen Enkel von meinem Erbe ausschließen will.

Name des Enkels:...

Grund:...

Unterschrift:............................... Datum:............

Zeuge:...

ENKEL Nr. 3

Ich, ..., erkläre hiermit im Vollbesitz meiner geistigen Kräfte, dass ich meinen Enkel von meinem Erbe ausschließen will.

Name des Enkels:...

Grund:...

Unterschrift:............................... Datum:............

Zeuge:...

ENKEL Nr. 4

Ich, ..., erkläre hiermit im Vollbesitz meiner geistigen Kräfte, dass ich meinen Enkel von meinem Erbe ausschließen will.

Name des Enkels:...

Grund:...

Unterschrift:............................... Datum:............

Zeuge:...

Sie wollen entferntere Verwandte enterben?

Je entfernter verwandt, desto weniger lustig ist die Enterbung. Vielfach wird von selbiger sogar freimütig ausgegangen.

ENTFERNTER VERWANDTER Nr. 1

Ich, ..., erkläre hiermit im Vollbesitz meiner geistigen Kräfte, dass ich meinen Verwandten von meinem Erbe ausschließen will.

Name des Verwandten:...

Grund:...

Unterschrift:.............................. Datum:............

Zeuge:...

ENTFERNTER VERWANDTER Nr. 2

Ich, ..., erkläre hiermit im Vollbesitz meiner geistigen Kräfte, dass ich meinen Verwandten von meinem Erbe ausschließen will.

Name des Verwandten:...

Grund:...

Unterschrift:.............................. Datum:............

Zeuge:...

VERERBEN SIE ALLES EINEM NIE GEKANNTEN VERWANDTEN!

Das Beste zum Schluss: Vermachen Sie Ihr Vermögen einem Familienmitglied, das Sie noch nie zu Gesicht bekommen haben! Im Zusammenspiel mit der Enterbung aller anderen wird man noch Jahre nach Ihrem Dahinscheiden von Ihnen sprechen.

NIE GEKANNTER VERWANDTER

Ich, ..., erkläre hiermit im Vollbesitz meiner geistigen Kräfte, dass ich meinem nie gekannten Verwandten alles vererben will.

Name des Verwandten:...

Grund:...

Unterschrift:.............................. Datum:............

Zeuge:...

84: ALLE IHRE GEBRECHEN

GESPRÄCH: WIRTSCHAFTSLAGE

»Der Devisenmarkt beunruhigt mich auch über alle Maßen. Der heutige Wechselkurs entspricht beinah schon meinem Blutdruck von 170/90. Mein Hausarzt meinte heute Morgen, so etwas hätte er noch nie erlebt.«

GESPRÄCH: KRIEG

»O ja, von dem großen Elend im Sudan habe ich natürlich gehört. Ich habe tiefstes Mitleid mit den Opfern und kann mir nur zu gut vorstellen, wie sie sich fühlen, schließlich bringt mich meine Hüfte auch schier um!«

GESPRÄCH: LIEBE

»Wie schön, dass er um Deine Hand angehalten hat! Ich kann mich noch gut an meine eigene Hochzeit erinnern. Dein Vater sah so fesch aus! Heute kann ich ihn ja nicht mehr allzu gut sehen, Du weißt schon, der Graue Star.«

GESPRÄCH: FILM

»Nein, den letzten Film kenne ich nicht. Den vorigen habe ich mir noch angesehen, da war mein Rücken noch nicht ganz so kaputt wie heute, und ich konnte noch ohne Schmerzen lange im Kinosessel sitzen.«

Im biblischen Alter von 84 übernehmen nun ein für alle Mal der Schmerz und die Zipperlein Ihr Leben. Sie werden Sie bis zum Ende Ihrer Tage begleiten. Manchen verschafft es Linderung, über ihre Gebrechen zu sprechen. Mit ein bisschen Übung wird es Ihnen bald schon leichtfallen, jedes Gespräch auf Ihr Lieblingsthema zu bringen.

GESPRÄCH: POLITIK

»Sie haben voll und ganz recht: Solange er Parteivorsitzender ist, wird die Partei an Boden verlieren – ein bisschen so wie meine Hämorrhoiden.«

GESPRÄCH: WISSENSCHAFT

»Sicher doch, eine Marsmission würde den Einflussbereich der menschlichen Spezies um ein Vielfaches erweitern, aber hilft das alles gegen meine geschwollenen Knöchel?«

GESPRÄCH: GESCHICHTE

»Napoleon? Ein übler Zeitgenosse! Lebte er nicht im 19. Jahrhundert? Diabetes war damals ja ein sicheres Todesurteil. Heutzutage hat man sie ja einigermaßen im Griff – auch wenn sie mir arg zusetzt.«

GESPRÄCH: KRIMINALITÄT

»Er hat 45 Menschen zerhäckselt und aufgefressen? Abscheulich! Ich finde, darauf sollte die Todesstrafe stehen. Oder die Gicht. Viele wissen das ja nicht, aber Gicht ist wahrhafte Folter, mein Freund.«

85: FOLGEN SIE DEM LICHT!

Im Hinduismus durchläuft der Mensch in seinem Leben vier Stadien bzw. Ashramas: Schüler, Haushalter, Sich-Zurückziehender und Erleuchtung-Suchender. Letzterer entledigt sich aller Bande und Besitztümer und wird zum Wanderer durch die Welt auf dem Weg zur kosmischen Weisheit. Diese bedeutsame Wanderung sollten Sie jetzt antreten. Nehmen Sie Abschied von Ihren Lieben, kleiden Sie sich in eine warme Decke, und machen Sie sich auf die Reise! Viel Glück!

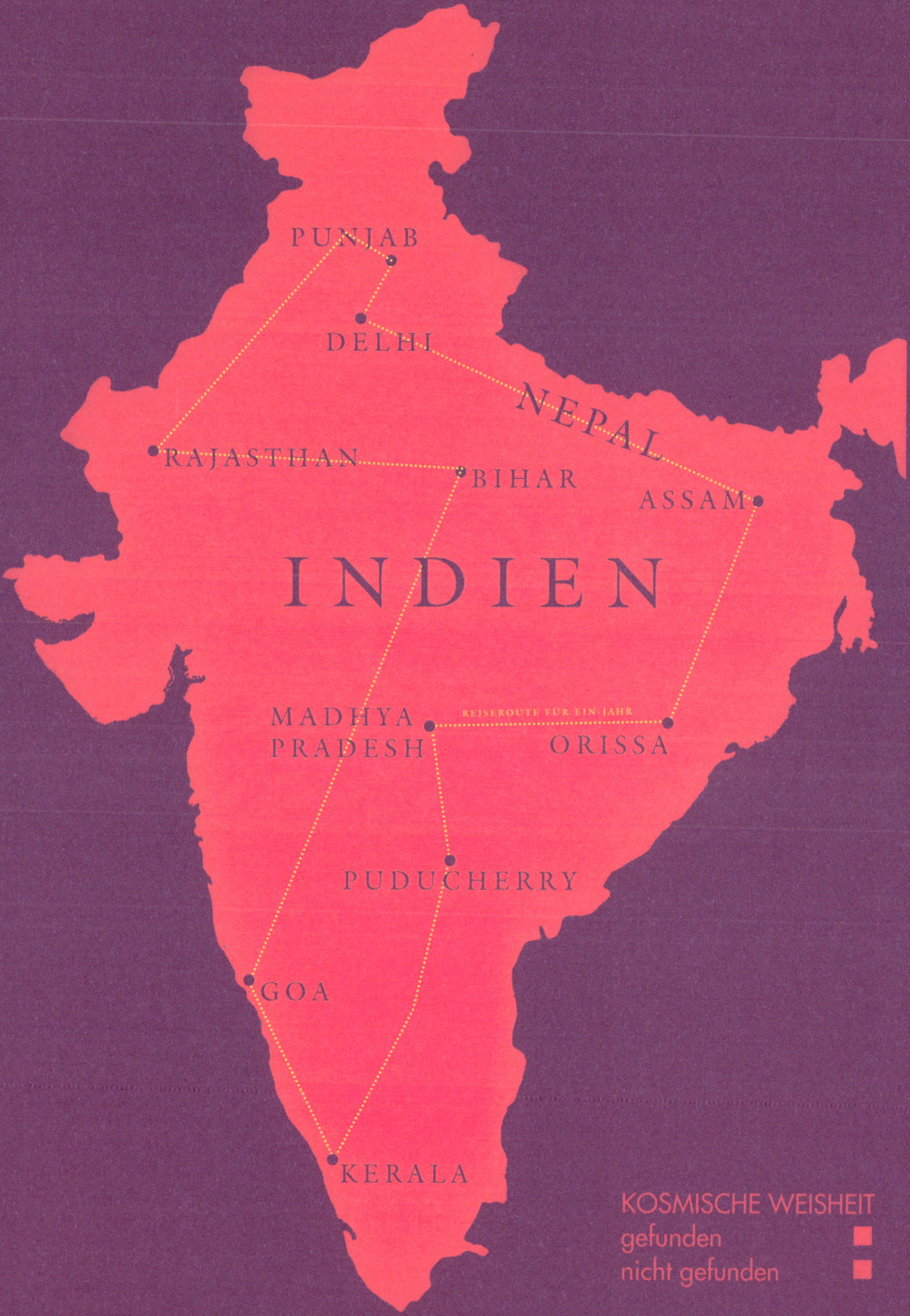
PUNJAB
DELHI
NEPAL
RAJASTHAN
BIHAR
ASSAM
INDIEN
MADHYA
PRADESH
REISEROUTE FÜR EIN JAHR
ORISSA
PUDUCHERRY
GOA
KERALA
KOSMISCHE WEISHEIT
gefunden
nicht gefunden

86: MACHEN SIE IHREN FRIEDEN MIT GOTT!

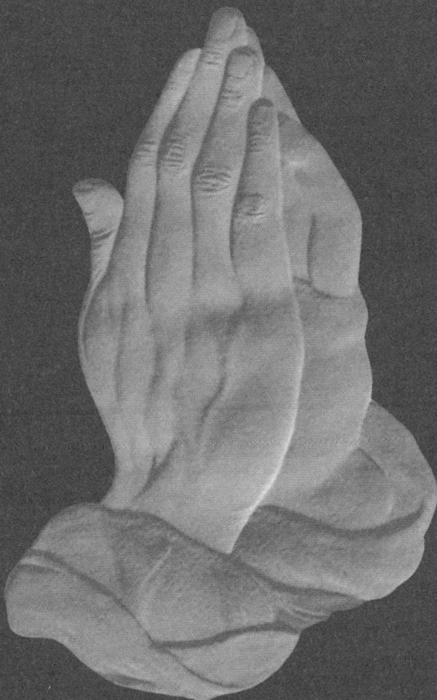

Sie werden feststellen, dass Ihre Gedanken immer häufiger vollkommen unwillkürlich um das Thema Leben nach dem Tod kreisen. So liederlich Ihr Leben auch gewesen sein mag, es ist immer noch genug Zeit, Buße zu tun. Flehen Sie Gott um Vergebung an, und erinnern Sie ihn bei dieser Gelegenheit an die guten Taten, die Sie vollbracht haben. Vielleicht lässt er sich erweichen und weist Ihnen doch noch einen Platz an seiner Seite zu.

»Lieber Gott,
nun da mein Ende naht,
wird mir klar,
dass ich viel zu lange schon
Deine Lehren missachtet
und Dich allzu häufig
enttäuscht habe.
Ich bin Deiner nicht würdig
und verdiene es nicht,
die Ewigkeit an Deiner Seite zu verbringen.
Und doch bist Du mein Herr und Meister,
und ich bitte Dich um Vergebung.
Ich glaube fest an Dich und
lege meine Seele in Deine Hände.
Danke, Gott.«

Meine besten Taten (vor dem Jüngsten Gericht vortragen)

1. ....

2. ....

3. ....

87: MACHEN SIE IHREN FRIEDEN MIT SATAN!

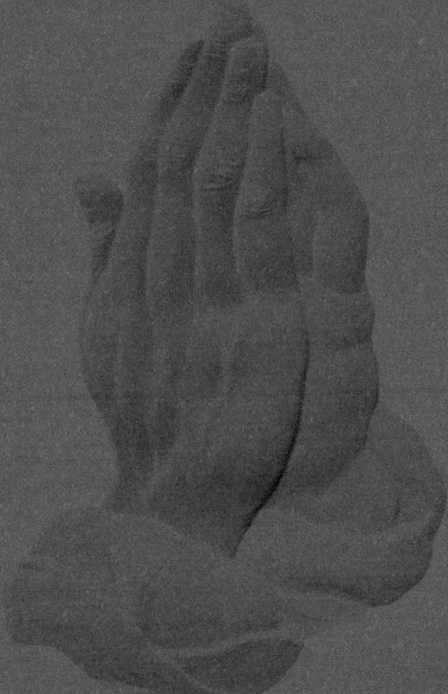

Gehen Sie lieber auf Nummer sicher, und versöhnen Sie sich nach Gott auch gleich noch mit Satan – nur für den Fall, dass er das Ruder in der Hand halten sollte, wenn's für Sie so weit ist. Sprechen Sie diese Verse nach, und listen Sie Ihre drei schlimmsten Sünden auf, auf dass Satan Ihnen wohlgesinnt sei und Sie mit dem Fegefeuer verschone.

»Lieber Satan,
nun da ich mich dem Ende meines Lebens nähere,
wird mir klar,
dass ich viel zu lange schon
Deine Lehren missachtet
und Dich allzu häufig
enttäuscht habe.
Ich bin Deiner nicht würdig
und verdiene es nicht,
die Ewigkeit an Deiner Seite zu verbringen.
Und doch bist Du mein Herr und Meister,
und ich bitte Dich um Vergebung.
Ich glaube fest an Dich und
lege meine Seele in Deine Hände.
Danke, Satan.«

Meine schlimmsten Sünden (in die Hölle schreien)

1. ....

2. ....

3. ....

88: WIR SIND PAPST!

In memoriam

Manche Türen öffnen sich einem erst in hohem Alter. Für den Job des Papstes beispielsweise ist hohes Alter Grundvoraussetzung und Schlüsselqualifikation gleichermaßen. Denn um Papst zu werden, darf man keine Mühen scheuen und muss hartnäckig und zäh sein. (Besonders als Frau.*) Wenn man es aber erst einmal auf den Thron geschafft hat, wird man reichlich belohnt: mit einem schicken Apartment in Rom, einem Papamobil, Beweihräucherung allenthalben – und man ist auch noch der Oberbestimmer einer Weltreligion mit über einer Milliarde Menschen Gefolgschaft. Wär das nichts für Sie?

1) BEWERBEN SIE SICH!
Theoretisch müssen Sie erst Kardinal sein, um zum Papst befördert zu werden. In der Geschichte gab es aber auch Gegenbeispiele: Da wurde schon manch ein Laie erst zum Papst gewählt und dann erst zum Priester oder Bischof geweiht. Das ist Ihre Chance! Schreiben Sie dem Vatikan, und bewerben Sie sich um den Job! Erinnern Sie die Jungs ganz beiläufig an die eben erwähnten Ausnahmen.

2) NEHMEN SIE DIE KARDINÄLE FÜR SICH EIN!
Sobald Sie Ihre Kandidatur öffentlich gemacht haben, werden sich diverse Kardinäle für Sie interessieren. Diese Kardinäle sollen Sie in einem geheimen Verfahren wählen. Ziehen Sie also alle Schmeichel-, Bestechungs- und Einschüchterungsregister! Und weisen Sie darauf hin, dass Sie mit 88 im besten Alter sind!

3) HARREN SIE DER GELEGENHEIT!
Es kann eine Weile dauern, bis der derzeitige Papst den Thron räumt, und leider gibt es keine vernünftige Maßnahme, um dies zu beschleunigen. Ein Anschlag käme natürlich in Betracht, aber der würde nur zu Ihrer Exkommunikation führen. Nur Geduld! Immerhin ist der Vorteil eines alten Papstes, dass Gott der Vater ihn alsbald zu sich rufen wird.

4) WERDEN SIE GEWÄHLT!
Sobald der aktuelle Papst tot ist, versammeln die Kardinäle sich zum Konklave in der Sixtinischen Kapelle. Das Konklave dauert so lange, bis ein neuer Papst gewählt ist. Wenn die Wahl auf Sie fällt, übernehmen Sie die spirituelle Autorität für Abermillionen Menschen weltweit. Wenn nicht, haben Sie dieses Lebensjahr wenigstens nicht vor dem Fernseher verbracht – ist doch auch schön.

* Entgegen der offiziellen Darstellung hat es in der Geschichte auch schon eine Päpstin gegeben, und zwar um 850 n. Chr. Eine gewisse Johanna – allerdings hatte sie sich als Mann verkleidet. Angeblich flog ihre Finte erst auf, als sie ein Pferd besteigen wollte, dabei ihre Fruchtblase platzte und sie einen Sohn gebar. Einigen Chronisten zufolge wurde sie auf der Stelle zu Tode gesteinigt. Nichtsdestotrotz gibt es mit Johanna den Präzedenzfall, auf den Sie sich berufen sollten – und nicht zuletzt ist es endlich mal wieder an der Zeit für eine Dame auf dem Posten!

89: BESSER SPÄT ALS NIE!

Sie bereuen … nie den Kilimandscharo bestiegen zu haben.

Lösung: das Reisebüro Ihres Vertrauens!
TRAILFINDERS
Telefon: 58 58 58

Sie bereuen … nie Ihre Kindergartenliebe geküsst zu haben.

Lösung: Machen Sie Ihre Kindergartenliebe über stayfriends.de oder ähnliche Internet-Communitys ausfindig! Vielleicht bereut sie es auch, Sie nie geküsst zu haben?

Je näher Sie dem Ende Ihres Lebens kommen, umso häufiger werden Sie von Reue geplagt. Sie bedauern, irgendetwas Bestimmtes nie getan zu haben? Es ist noch nicht zu spät, dies nachzuholen! Hier steht, wie's geht.

Sie bereuen … nie nackt im Pazifik gebadet zu haben.

Lösung: Buchen Sie den nächsten Flug unter British Airways
Telefon: 01805 - 266 522
(0,14 € pro Minute)

Sie bereuen … in den Sechzigern kein LSD genommen zu haben.

Lösung: Kontaktieren Sie den Dealer Ihres Vertrauens!
(siehe auch Alter 39)

die 9

0er

90: WERDEN SIE WUNDERLICH!

Katze

»Ei, feine Mietzmietz, hast Du Kotzikotzi gemacht?«

Hund

»Bongo, guter Junge! Einmal bellen, wenn ich diese Aktien kaufen soll. SUPER! Guuuter Junge.«

Taube

»Komm, puttputt, kooooom, komm zu Mami!«

Goldfisch

»Ist das heute wieder ein ödes Fernsehprogramm, was, Haifischli?«

Mit 90 sei es Ihnen gestattet, einfach mit allem und jedem zu sprechen, ohne allen Ernstes eine Antwort zu erwarten. Sie haben im Leben schon genug Dummheiten zu hören bekommen. Außerdem ist Ihr Gehör ja auch nicht mehr so gut.

Pflanze

»Uiuiui! Hat Mutti Dich gestern nicht gut gegossen? Das holen wir nach. Soooo, hier hast Du!«

Wasserkocher

»Hast Du das gesehen? Flirtet das Luder doch glatt schon wieder mit dem Briefträger!«

Verstorbene

»Ach, Liebling, hast Du keinen Hunger ... Was soll ich nur tun mit Dir?!«

Selbstgespräch

»Nein, so was! Da hat doch schon wieder jemand den Herd nicht ausgeschaltet.«

91: ERSATZTEILLAGER

Nach einem langen und ereignisreichen Leben wird Ihr Körper allmählich gebrechlich. Nun ist es an der Zeit, sich ein passendes Ersatzteil auszusuchen und zwecks OP-Termin das örtliche Kreiskrankenhaus zu kontaktieren. Achtung: Weil dieses Buch auch für zukünftige Generationen gelten soll, sind hier auch wahrscheinliche Entwicklungen aufgelistet.

	Indikation	machbar	Behandlungsmethode
1. künstliche Hüfte	durch Arthrose ausgelöste Schmerzen	jetzt	Hüftgelenk wird freigelegt, Gelenkpfanne entfernt und ersetzt
2. künstliches Knie	eingeschränkte Kniegelenksbewegung	jetzt	Entnahme des arthritischen Knochens und Ersatz durch Metall
3. Kunstherz	Herzversagen	jetzt	siebenstündige Transplantation, nur unter Vollnarkose möglich
4. künstliches Auge	drohende Erblindung	ca. 2012	Chip-Implantat in der Netzhaut
5. bionischer Arm	Verlust einer Gliedmaße	ca. 2014	Nervenzellen werden mit Elektroden verbunden, die Prothese steuern
6. kybernetischer Darm	Dickdarm von außerirdischen Sporen zerfressen	ca. 2037	unter Lokalanästhesie wird ca. 6 m langer kybernetischer Dickdarm rektal eingeführt
7. künstliche Erinnerung	Ersatz der schwindenden Erinnerung durch umfassendes Internetwissen	ca. 2049	Autoinstallation durch selbstzerstörende Nanoroboter

Kosten
ca. 9 000 €
ca. 11 000 €
ca. 100 000 €
ca. 560 000 €
ca. 5 Mio. €
ca. 9,5 Mio. €
ca. 9,5 Mio. €

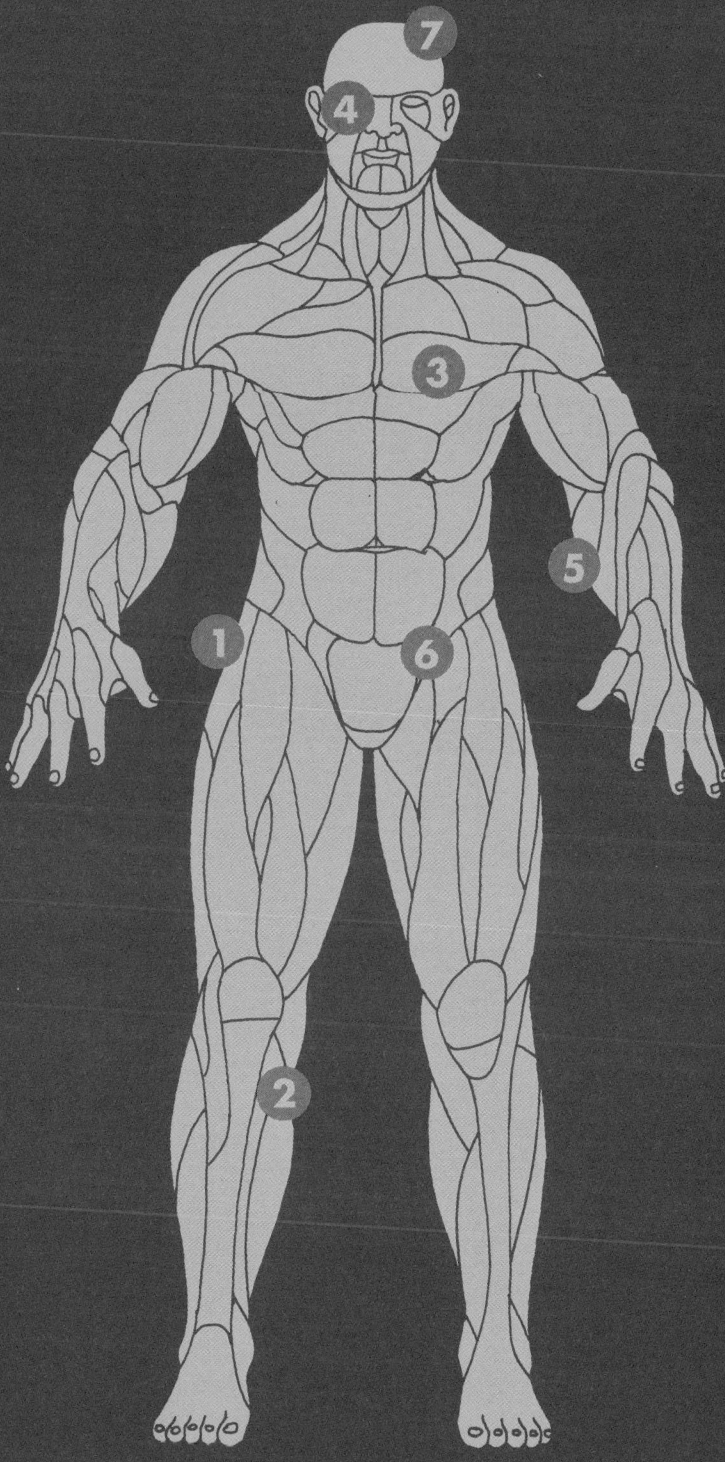

92: VIEL SPASS MIT DEN URENKELN!

»Eines Nachts habe ich den Fehler gemacht und mit offenem Mund geschlafen. Da haben die Gremlins mir die Zähne geklaut.«

»Als ich so alt war wie Du, hat der König kleine Kinder auspeitschen lassen, die sich nicht die Zähne geputzt haben.«

»Mein Schloss stand auf dem höchsten Vulkan der Welt. Eines Tages kam ich gerade vom Einkaufen zurück und – bumm! – ging alles in die Luft.«

»Als der Drache mich anhauchte, hatte er so einen schlimmen Mundgeruch, dass ich von jetzt auf gleich ganz runzelig wurde!«

Mit 92 sind Sie für Ihre Urenkel ein Phänomen und eine Legende gleichermaßen. Sie könnten genauso gut 600 Jahre alt sein. Pflegen Sie Ihr Image, und hinterlassen Sie bei Ihren Urenkeln umso bleibenderen Eindruck, indem Sie fürchterliche Anekdoten aus Ihrem Leben erzählen, die die Kleinen zu Tode ängstigen.

»Von diesen Süßigkeiten wird Dein Gehirn explodieren. Aber Teufel auch, sind die lecker!«

»Deine Eltern sind beide als Eier geboren worden. Ich kann mich noch genau daran erinnern!«

»Von allen Geschwistern war ich der Einzige, der nicht von der Großen Bösen Hexe und ihrem fiesen Zwergenmann verhauen wurde.«

»Ich hab schon jede Menge leckere kleine Kinder aufgefressen, aber Du gehörst schließlich zur Familie. Dich lass ich gehen.«

93:
TEILEN SIE IHR WISSEN MIT ANDEREN!

A) NICHT WESTLICHE KULTUREN:
Mit 93 werden Sie als Weiser angesehen, Sie tragen das Weltwissen in sich, sind ein Quell der Erkenntnis und selbstverständlich ehrwürdiger Stammesältester und Anführer Ihres Clans. Man behandelt Sie mit äußerstem Respekt und fragt Sie um Rat bei allen wichtigen Entscheidungen. Nutzen Sie Ihren Verstand weise, um Ihr Volk auf den Pfad der Tugend zu führen.

B) WESTLICHE KULTUREN:
Versuchen Sie ruhig, Ihre Erfahrungen mit anderen zu teilen. Erwarten Sie nur nicht, dass man Ihnen zuhört.

94: SCHREIBEN SIE GESCHICHTE!

1. SPANNENDE DIALOGE
Die Aufmerksamkeitsspanne von Schülern ist in den vergangenen Jahren nachweislich gesunken. Ihr Part in der Geschichte sollte daher so spannend sein wie ein Hollywood-Blockbuster!

2. VISUALISIERUNG
Illustrieren Sie Ihre Erlebnisse mit Fotos aus Ihren fotogeneren Tagen!

3. TIPPS FÜR LEHRER
Liefern Sie Vorschläge für die Hausaufgabenstellung gleich mit! Und sofern diese eher von der humorigen Seite sind, werden sie auch eher bearbeitet.

Brian Mason, *Hero Of Our Times*

Chapter 4
A Difficult Decade

On October 24th, 2003, Brian Mason's life went downhill, when he was arrested for driving under the influence of alcohol and released on bail after a night in Hemel Hempstead Police Station, Hertfordshire. Despite having double the legal limit of alcohol in his blood, Mason testified on the scene that the driver behind him was at fault:

> "Was just driving, along the road you know, errr, then whaaaaam! What, I says? What was it noise? A car! In my car! Just like that! Couldn't believe it. It's the truth officer."

That driver was Louise Morgan, a 36-year-old mother of two, whom Mason proceeded to berate for failing to anticipate his sudden braking. Morgan subsequently sued and obtained a restraining order forbidding Mason to go within 300m of her and her children. Sadly for Mason, this was merely the beginning of his troubles. The police investigation determined that Mason had become inebriated at the Fairview Hotel, where he had shared a room with Tricia Gonzalez, an exotic dancer. His wife Marcia Mason, herself four months pregnant, petitioned for divorce and returned to her mother's in Portsmouth, leaving this note: "I never want to see you again, you sad, sad, little man. How dare you do this to me. If you ever attempt to contact me again directly, or see my child, I will take you down. Goodbye." Although the historical evidence becomes sketchy, we know that at this point, Mason decided to turn to heroin. His descent

"Spring of '99: surfing in Maui! Woo-hoo!"

"List ten things that were particularly unappealing about Brian's first flatmate."

1. ....
2. ....
3. ....
4. ....
5. ....
6. ....
7. ....
8. ....
9. ....
10. ....

Um sich mit 94 noch schnell einen Platz in der Geschichte zu sichern, schreiben Sie einfach ein Geschichtsbuch mit sich selbst im Mittelpunkt. Damit es gleich in mehreren Unterrichtsfächern Verwendung findet, verfassen Sie es am besten in einer Weltsprache wie Englisch oder Chinesisch. Und gestalten Sie es unbedingt im modernen Lehrbuchstil, damit es auch ganz sicher verlegt wird.

The Modern Era

Visits Rome

First time in New York

1995 — 1998 — 2002 — 2003

Visits Africa

Visits Thailand

"Questions: Do you think Brian was right to have an affair while his wife Marcia was pregnant? Is having affairs while your wife is pregnant desirable for society?"

....

4. DER ZEITSTRAHL
Die eingängigste Methode, Ihr Leben darzustellen, ist anhand eines Zeitstrahls mit Bildern. Schließlich sagt ein Bild mehr als tausend Worte – wenn nicht sogar zweitausend.

5. DISKUSSIONSGRUNDLAGE
Interaktive Übungen steigern den Lerneffekt nachweislich um den Faktor 2,5.

Senden Sie ein aussagekräftiges Anschreiben und das Manuskript inkl. Inhaltsverzeichnis an das Bundesministerium für Familie, Senioren, Frauen und Jugend oder an das Lektorat eines Schulbuchverlags!
(Ein entsprechendes Verzeichnis finden Sie unter: www.buchmarkt.de)

95: BRECHEN SIE AUS DEM ALTERSHEIM AUS!

A. FLUCHTTUNNEL:
Bohren und graben Sie mithilfe eines scharfen Gegenstands (Teelöffel, Brieföffner o. Ä.) nach Einbruch der Dunkelheit einen Tunnel durch das Erdreich! (Hinweis: Nur empfohlen, wenn Sie im Erdgeschoss wohnen.)

B. HUBSCHRAUBERFLUCHT:
Nehmen Sie Kontakt mit einem Ihnen bekannten Hubschrauberpiloten auf! Bitten Sie ihn, sich zu einer verabredeten Uhrzeit über Ihrem Altersheim einzufinden, ein Seil herabzulassen und Sie damit in die Freiheit zu fliegen. (Hinweis: Wählen Sie diese Fluchtmöglichkeit nur, wenn Sie nicht auf eine Gehhilfe angewiesen sind!)

Sie werden doch wohl so kurz vor Schluss nicht aufgeben und Ihren Lebensspätherbst in einem vermeintlich lebenswerten Gefangenenlager verbringen wollen, in dem man Sie mit einer Überdosis Medikamenten ruhigstellt und irgendwo in der Ecke verrotten lässt! Nehmen Sie Ihr Schicksal selbst in die Hand, es gibt ein Entkommen!

C . ÜBER DIE MAUER UND WEG:
Erklimmen Sie die Mauer (sofern kein Elektrozaun darüber angebracht ist) mithilfe einer Klappleiter! Beim Sprung in die Tiefe sollten Sie darauf achten, Ihr kaputtes Knie zu schonen. Sollte die Mauer wider Erwarten doch mit Strom gesichert sein, tragen Sie Gummihandschuhe, und stellen Sie sicher, dass Ihr Herzschrittmacher sich rebooten lässt.

D. DIE DOPPEL-BLUFF-FLUCHT:
Tun Sie so, als wollten Sie einfach nur im Garten spazieren gehen. Lächeln Sie das Wachpersonal freundlich wie immer an! Sollte es Sie aufhalten wollen, erklären Sie einfach, Sie wären begnadigt worden. Wenn auch das nicht hilft, entwenden Sie des Wachmanns Elektroschockpistole, und nehmen Sie ihn als Geisel!

Sie sind endlich frei – und die nächsten fünf Jahre auf der Flucht. Wollten Sie das wirklich?

96: VERPRASSEN SIE IHR GELD!

Ukrainische Katalogfrau
140 000 € p.a.

Zwölf-Meter-Yacht
90 000 €

Lebensberater
8 000 € p.a.

Whirlpool mit Champagner-Ventil
35 000 €

Sie können es ohnehin nicht mit auf Ihre letzte Reise nehmen – verkloppen Sie also den Rest Ihres schwer verdienten Vermögens! Mit 96 müssen Sie keine Vorkehrungen mehr treffen, die Sie nicht ohnehin bereits getroffen hätten. Gönnen Sie sich also was – und es ist egal, wie sehr Ihre Erben sich echauffieren werden! Hier ein paar Angebote, die Ihren Kontostand garantiert auf null bringen werden.

eigener Schwebetank
12 000 €

Urlaub in Monte Carlo
75 000 €

Griechischer Lustknabe
115 000 € p.a.

Marmorbüste Ihrer selbst
15 000 €

97: DER SINN DES LEBENS

Inzwischen sollten Sie sich darüber klar geworden sein, warum Sie schon so lange leben. Die Autoren dieses Buches möchten an dieser Stelle die Gelegenheit nutzen, Ihnen ein paar Fragen zu stellen, um statistisch valide Daten zum Sinn des Lebens zu erheben. Die Ergebnisse können Sie beizeiten abrufen unter: www.thiswebsitewillchangeyourlife.com

Umfrage

Ich, ...,

bin nach 97 Lebensjahren zu dem Schluss gekommen, dass der Sinn des Lebens darin besteht,

1. stinkreich zu werden ☐
2. anderen anzutun, was sie mir angetan haben ☐
3. sich selbst besser kennenzulernen ☐
4. anderen zu helfen ☐
5. die Welt zu verbessern ☐
6. sich zu amüsieren, solange es geht ☐
7. schön zu sein ☐
8. Gott zu finden ☐
9. Gott zu werden ☐
10. anderen meinen Willen aufzuzwingen ☐
11. alle Bemühungen einzustellen ☐
12. Es gibt keinen Sinn ☐

Sonstiges: ....

....

....

....

Fragebogen bitte bis übernächste Woche einschicken:
Benrik Ltd., Stichwort: Sinnfrage, PFD Literary Agency, 60 Finsbury Park Rd., London N4 2JX, Großbritannien

98: NAHTODERFAHRUNG SAMMELN!

Es geht mit großen Schritten auf die Zielgerade zu! Damit Sie für den Zieleinlauf hinreichend gewappnet sind, nutzen Sie die Gelegenheit, und machen Sie eine Nahtoderfahrung, indem Sie auf den Kopf fallen und eines der folgenden Dinge erleben:

Die beliebtesten Nahtoderfahrungen und wie man darauf reagiert:

MÖGLICHKEIT 1: strahlend helles Licht

BEDEUTUNG: Mann, wie ätzend! Sie haben die allerlangweiligste Nahtoderfahrung erwischt. Rechnen Sie damit, dass Sie jetzt gleich mitten in einer OP aus der Narkose erwachen.
REAKTION: Winken Sie dem Anästhesisten!

MÖGLICHKEIT 2: Vision Gottes

BEDEUTUNG: Seltener als strahlend helles Licht, aber immer noch recht häufig. Versuchen Sie sich zu merken, ob Gott milde lächelt oder eher grimmig dreinschaut.
REAKTION: Wenn er grimmig dreingeschaut hat, sollten Sie alsbald Ihre Sünden beichten.

MÖGLICHKEIT 3: Film Ihres Lebens

BEDEUTUNG: Das Leben wie in einem Film an sich vorbeiziehen zu sehen ist ebenfalls eine recht gängige Erfahrung.
REAKTION: Sollten Sie es langweilig finden, drehen Sie niemandem einen Strick daraus außer sich selbst.

MÖGLICHKEIT 4: Atomares Chaos

BEDEUTUNG: Das Kabel Ihres Fernsehers ist kaputt. Sorry.
REAKTION: Wenn Sie's schon nicht selbst richten können, rufen Sie den Kundendienst.

MÖGLICHKEIT 5: unscharfe Farbflecken

BEDEUTUNG: Sie wurden dabei beobachtet, wie Sie auf den Kopf stürzten. Eine Krankenschwester hat Ihnen gerade starke Schmerzmittel verabreicht.
REAKTION: Entspannen Sie sich!

MÖGLICHKEIT 6: Finsternis

BEDEUTUNG: Absolute, totale Finsternis kann bedeuten, dass Sie tatsächlich einen Blick in Ihre Zukunft werfen durften. Oder aber Sie sind womöglich gerade wirklich gestorben.
REAKTION: k. A.

99: IN DEN TAG HINEINLEBEN

SIE HABEN ES BIS 99 GESCHAFFT? LEGEN SIE DIESES BUCH BEISEITE, HÖREN SIE ENDLICH DAMIT AUF, ALLES PLANEN ZU WOLLEN, UND GENIESSEN SIE DEN REST IHRES LEBENS!

100: LASSEN SIE SICH EINFRIEREN!

Herzlichen Glückwunsch! Sie haben Kriegen, Seuchen und anderen üblen Ereignissen getrotzt und ein ganzes Jahrhundert überlebt. Treffen Sie jetzt schnell noch Vorkehrungen, Ihr Gehirn der Nachwelt zu erhalten, damit wir alle noch was davon haben.

1. *Das geeignete Labor*
Günstige und nicht einmal schlechte Labore schießen derzeit v. a. in Osteuropa wie Pilze aus der Erde. Einige davon erlauben die Tiefkühlung allerdings erst, wenn Sie wirklich schon tot sind. Lesen Sie also das Kleingedruckte ganz genau!

2. *Gutes Timing*
Nehmen Sie Abschied von Ihren Lieben. Möglicherweise sehen Sie sich erst wieder, wenn auch sie 100 sind.

3. *Herzstillstand*
Es tut nicht weh, wirklich. (Zumindest hat sich bisher noch nie jemand beschwert.)

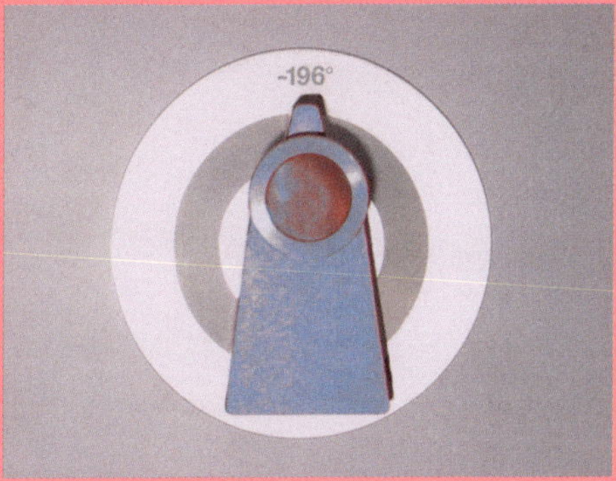

4. *Die richtige Temperatur*
Ihr Körper wird in flüssigem Stickstoff eingelegt. Bei -196° C wird er die nächsten Jahrzehnte schön frisch bleiben.

5. *Wiederbelebung*
Sobald man herausgefunden hat, wie's reibungslos geht, wird man Sie in der Mikrowelle zurück ins Leben erhitzen.

SO VERHINDERN SIE, DASS IRGENDJEMAND SIE NUR FÜR EINEN GUTEN GAG IN EINER REALITY-TV-SHOW ZURÜCKHOLT:

Sobald Sie wieder bei Bewusstsein sind, verlangen Sie nach einem Anwalt. Stellen Sie fest, dass Sie irgendwie als merkwürdige Lebensform wiederbelebt wurden (z. B. als sprechender Pudel, transsexueller Außerirdischer), können Sie davon ausgehen, dass Sie in einer Reality-TV-Show gelandet sind. Reichen Sie umgehend eine Unterlassungsklage ein! Nehmen Sie unter keinen Umständen ein Milliardenangebot der TV-Produktionsfirma an! Wer weiß, was zu diesem Zeitpunkt Milliarden noch wert sind?

ZUSAMMENFASSUNG

Nehmen Sie sich am Ende Ihres Lebens die Zeit, die Highlights zusammenzufassen!

IHRE RUHMREICHSTEN 15 MINUTEN

Wann? ....

Wo? ....

Details: ....

....

IHR GROSSES ZIEL

....

....

....

....

Erreicht? Ja ☐ Nein ☐

JUGENDLICHE ILLUSIONEN

1 ....

2 ....

3 ....

Wo begraben: ....

JUGENDLICHE UNBESONNENHEITEN

1 ....

2 ....

3 ....

Darüber hinausgewachsen? Ja ☐ Nein ☐

SIND SIE JEMALS ZUM MITARBEITER DES MONATS GEWÄHLT WORDEN?

Monat: ....

Jahr: ....

Firma: ....

WICHTIGSTE LEHRE, DIE SIE GELERNT HABEN:

(z.B. »Gewalt ist keine Lösung«)

....

....

....

HABEN SIE IHR LEBEN IN STILLER VERZWEIFLUNG ZUGEBRACHT?

Ja ☐

Nein ☐

In lauter Verzweiflung ☐

HABEN SIE IHRE BERUFUNG GEFUNDEN?

Ja ☐

Nein ☐

Wann wurde Ihnen klar, dass Sie Ihre Berufung nie finden würden? ......

DAS BESTE JAHR IHRES LEBENS

....

DER BESTE FREUND IHRES LEBENS

....

DER BESTE URLAUB IHRES LEBENS

....

DIE GRÖSSTE LEISTUNG IHRES LEBENS

....

DIE AUFREGENDSTE SCHLAGZEILE IHRES LEBENS

....

DIE BESTE MAHLZEIT IHRES LEBENS

....

DIE LIEBE IHRES LEBENS

....

WAS WÜRDEN SIE TUN, WENN SIE ALL DAS NOCH MAL TUN KÖNNTEN?

....

....

MEIN LEBEN IN BILDERN

Kleben Sie hier Fotos von sich selbst ein

Ich bei der Geburt

Ich mit 10 Jahren

Ich mit 20

Ich mit 30

Ich mit 40

Ich mit 50

Wann sahen Sie am besten aus?

Mit .... Jahren.

Ich mit 60

Ich mit 70

Ich mit 80

Ich mit 90

Ich mit 100

Mein Lieblingsbild aller Zeiten

GELDGRAFIK

Dokumentieren Sie Ihr exaktes Bruttoeinkommen über die Jahre!

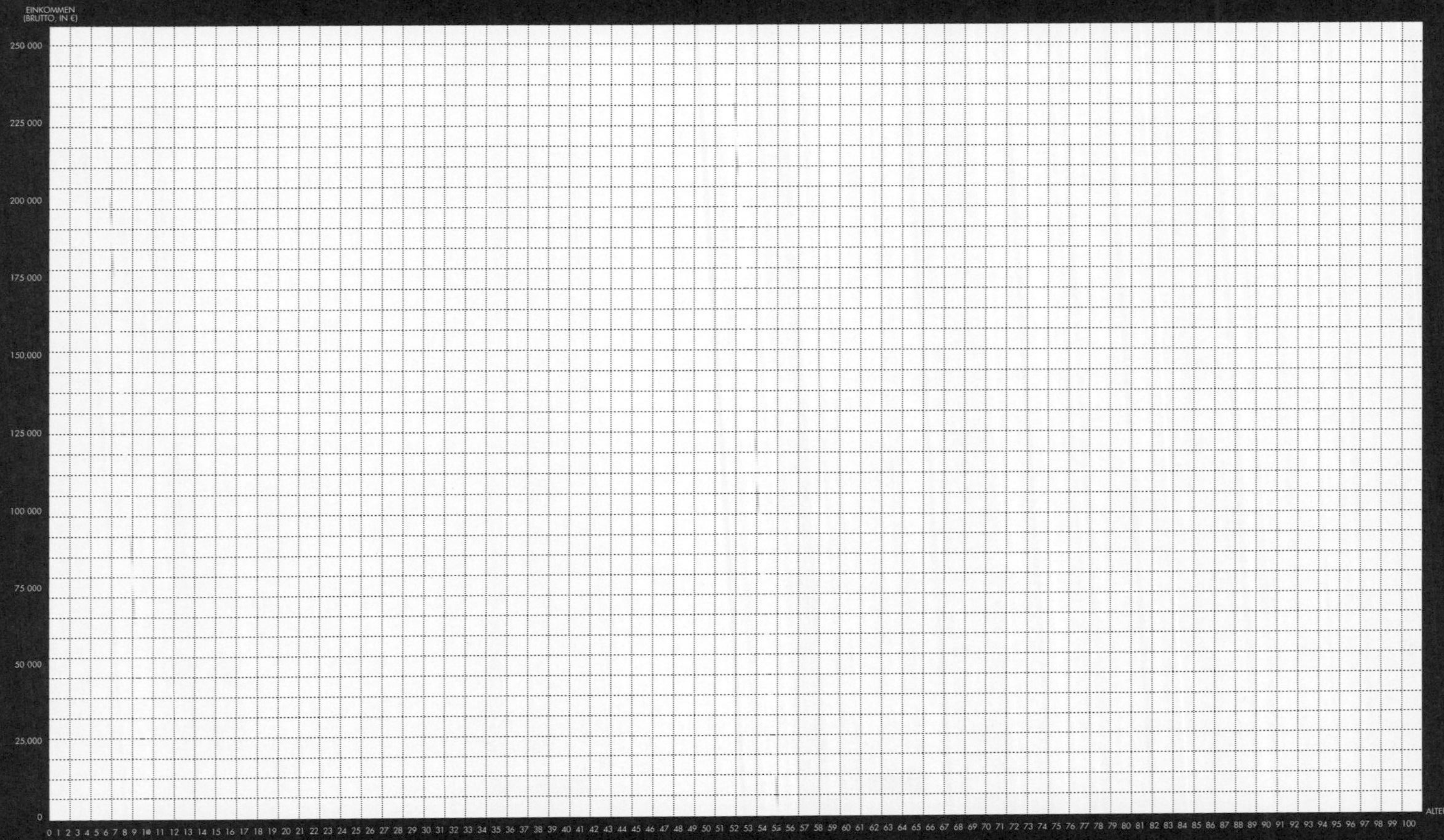

GEWICHTSGRAFIK

Dokumentieren Sie Ihr exaktes Gewicht über die Jahre!

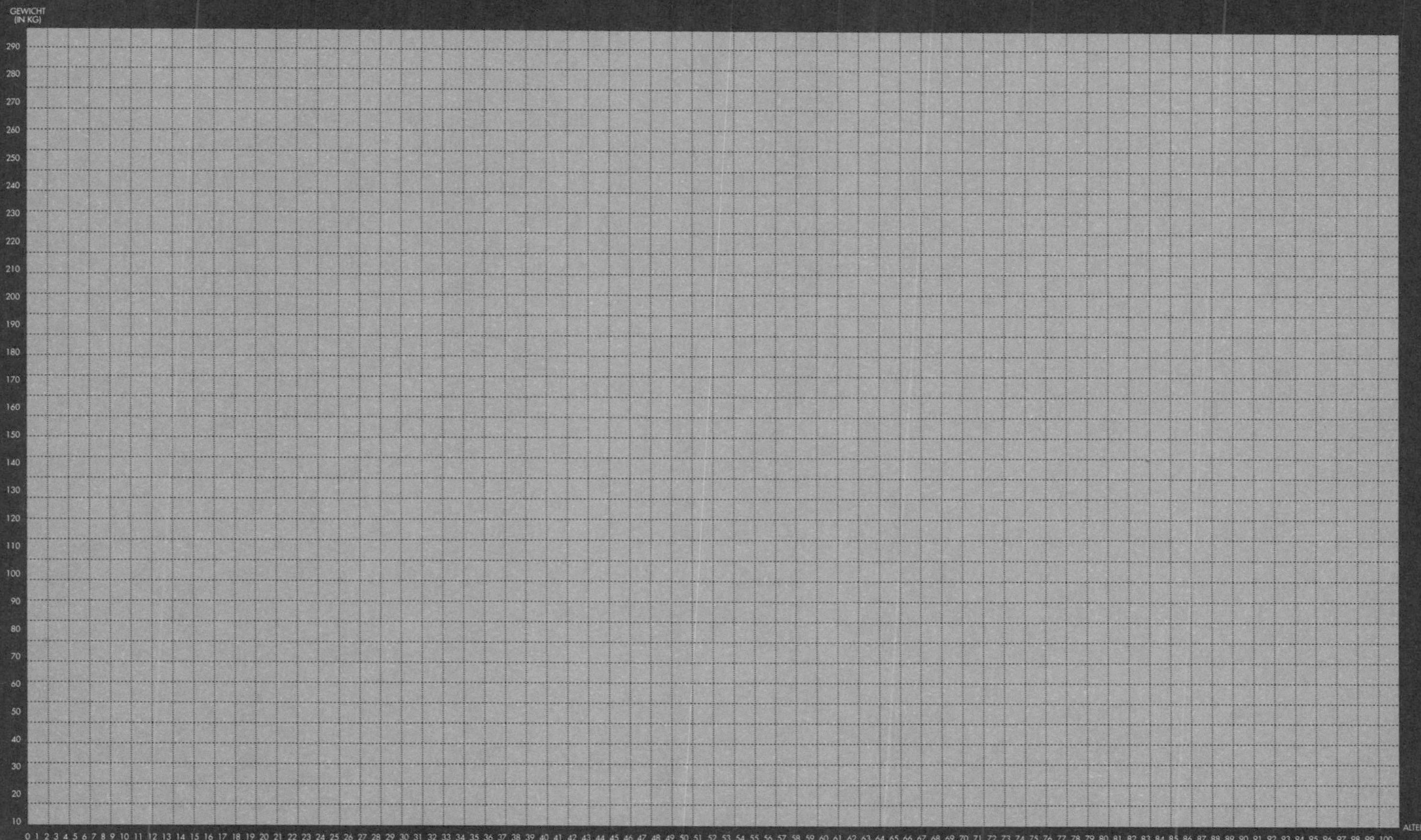

SEXGRAFIK

Dokumentieren Sie den Grad Ihrer sexuellen Befriedigung über die Jahre!

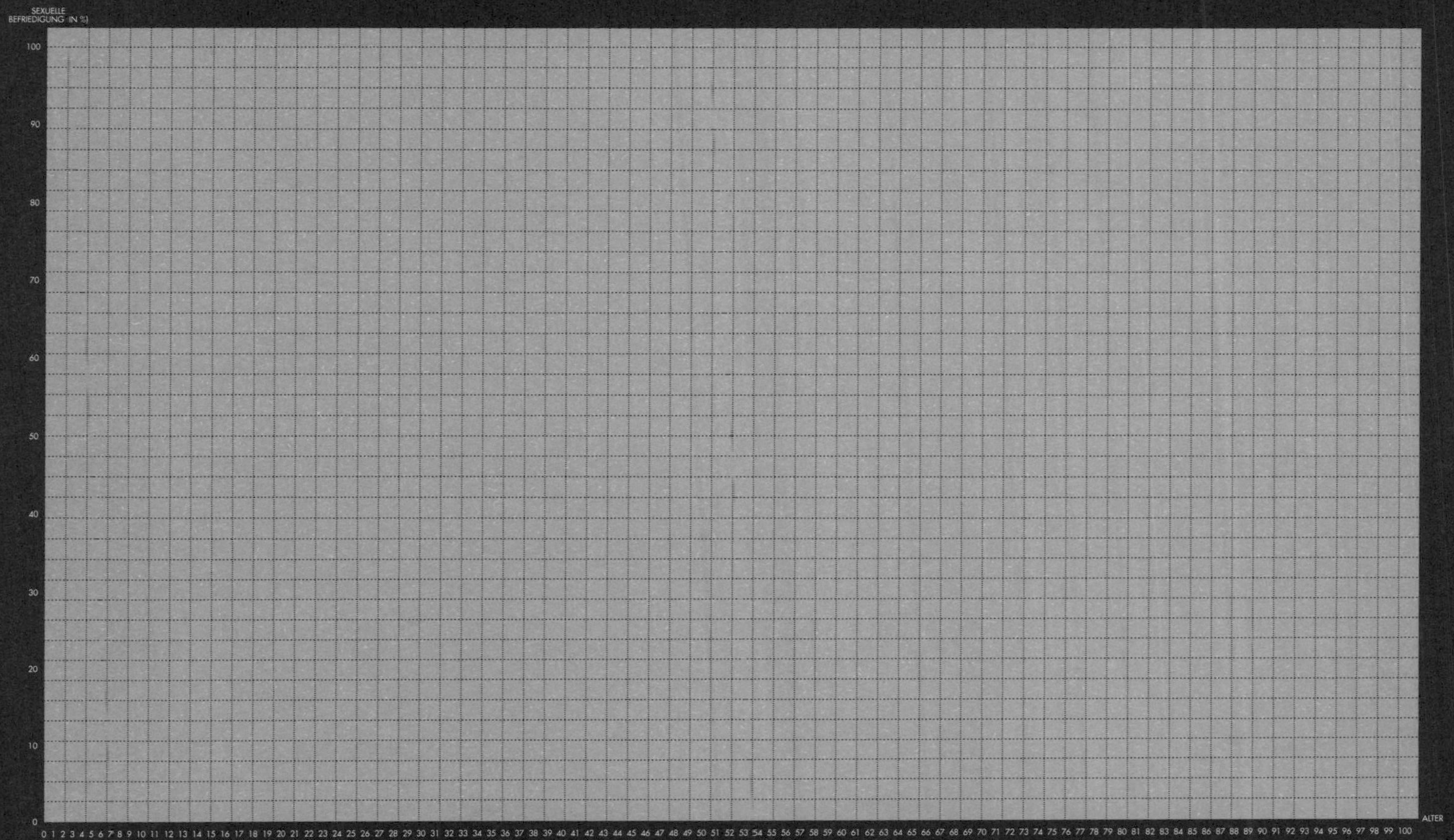

ORGASTISCH
BER DEN WOLKEN
FROH WIE OSKAR
DANKE, GUT
OKAY
SO LA LA
SÄUERLICH
STINKWÜTEND
TIEFST DEPRIMIERT
TMORDGEFÄHRDET
0 1 2 3 4 5 6 7 8 9 10 11 12 13 14 15 16 17 18 19 20 21 22 23 24 25 26 27 28 29 30 31 32 33 34 35 36 37 38 39 40 41 42 43 44 45 46 47 48 49 50 51 52 53 54 55 56 57 58 59 60 61 62 63 64 65 66 67 68 69 70 71 72 73 74 75 76 77 78 79 80 81 82 83 84 85 86 87 88 89 90 91 92 93 94 95 96 97 98 99 100
ALTER

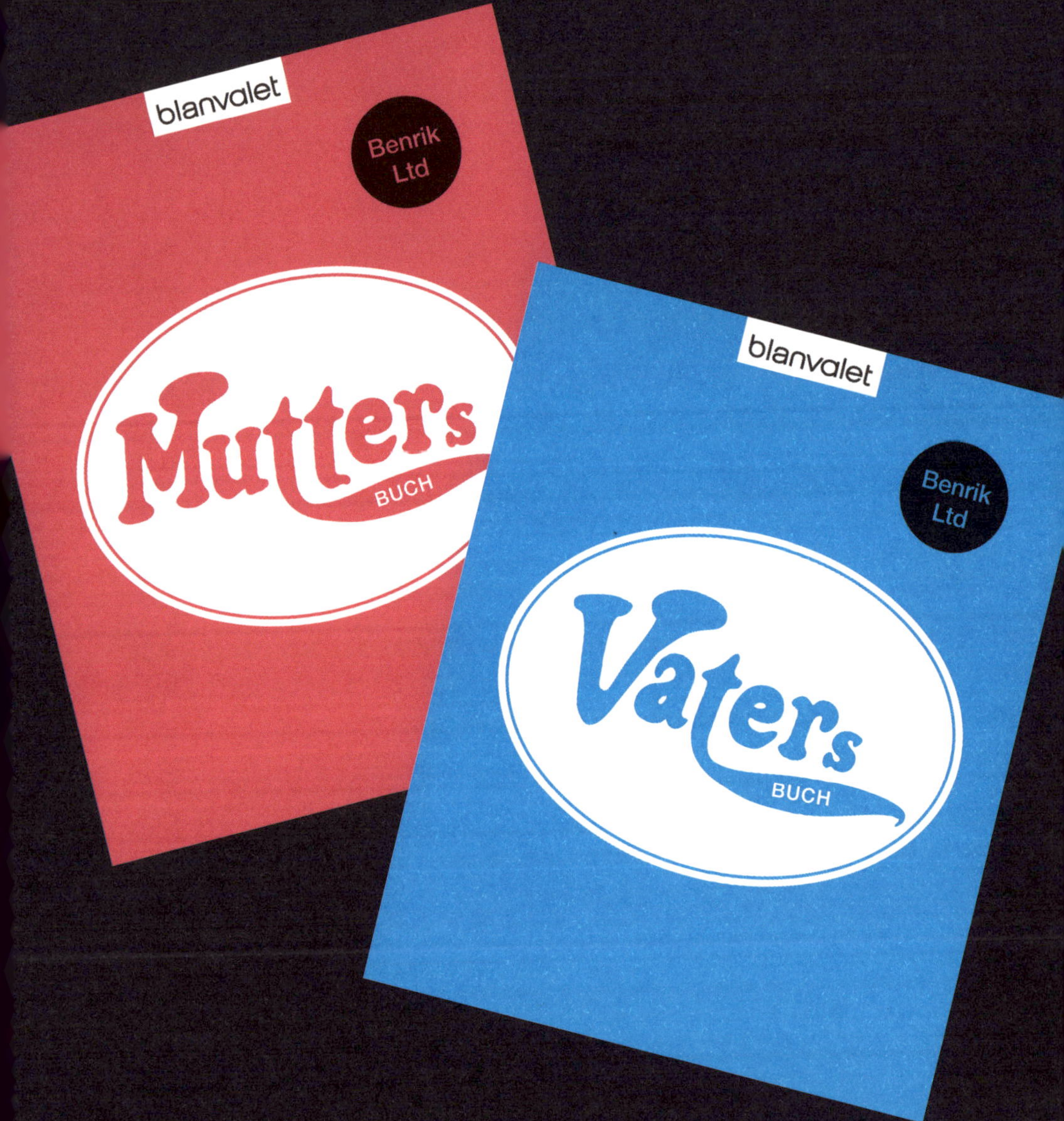
blanvalet
Benrik Ltd
Mutters
BUCH
blanvalet
Benrik Ltd
Vaters
BUCH

Die Originalausgabe erschien erstmals 2006 in den USA unter dem Titel »Lose Weight! Get Laid! Find God! The All-in-One Life Planner from 0 to 100« bei Plume, a member of Penguin Group (USA) Inc. Die britische Ausgabe erschien 2007 bei Boxtree, an imprint of Pan Macmillan Ltd., London.

Benrik Ltd. dankt den folgenden Personen, die zum Zeitpunkt der Drucklegung der englischen Originalausgabe zusammengenommen 3898 Lebensjahre auf dem Buckel hatten: Nikki Lindman und Billy Waqar für ihre Unterstützung, Erik Enberg für die Gestaltung der Alter 50, 55 und 62, Marthe Nagengast für die Illustrationen für die Alter 70, 84,und 92, darüber hinaus ein Dankeschön an Kathy Peach, Lana Ivanyukhina & Anton Delehag, an Jon Butler, Dusty Miller, Linda Sima, Anna Stockbridge, Richard Milner und alle bei Macmillan, Simon Trewin, Claire Gill, Maria Dawson und alle bei PFD, Andy Moreno, Shailesh, Mark, Matthew und Guy bei BGM, Robert Saville, Mark Waites, Matt Clark und alle bei Mother, Jens, Erik und alle bei Saturday und alle im Poke. Trevor Franklin, Marc Valli, Aidan Onn, Sarah Aplin, Rachel Harris, Hannah Sherman, Emma Beddard, Sarah Bagner, Dominic Goodrum, Rebecca Wright, Stuart und alle bei And, Stephanie Molloy, Roman Marszalek, Richard Prue Alex & Elizabeth Carey, Tantchen, Katy, Antony und Talulla, Stefanie Charlotte und Tommy Drews, Gaby Teresa und Rafael Vinader, Sarah Woodruff, Emma Lowe, Jan Lyness, Sally Evans, Alan Payne, Rebecca Bland, Bernard Sue und John Peach, Kenneth & Anna-Lena Delehag & Lovisa & Hjalmar & Elin Delehag, der ganzen Schwedenmischpoke, Rasmus & Maria & Joel & Mina.

MIX
Papier aus verantwortungsvollen Quellen
FSC
www.fsc.org
FSC® C084279

1. Auflage

Satz: DTP im Verlag
Gesamtherstellung: Print Consult GmbH, München
Printed in the Slovak Republic
ISBN: 978-3-7645-0320-8
www.blanvalet.de

Sie sind nicht allein auf Ihrem Weg durchs Leben!
Nehmen Sie mit anderen Benrik-Fans Kontakt auf unter:
thiswebsitewillchangeyourlife.com!

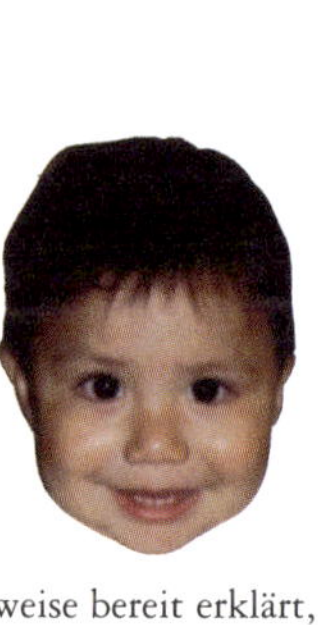

Der kleine Tommy Drews hat sich freundlicherweise bereit erklärt, für den Rest seines Lebens den Hinweisen und Ratschlägen aus diesem Buch zu folgen. Alles Gute dabei, Tommy!